リスになってしまった婚約者が、毛嫌いしていたはずの私に助けを求めてきました。

深見アキ

イラスト／縞

Contents

Character
セドリック
代々王宮医を務める
セスティナ公爵家の嫡男。
ある日、何者かに
毒を盛られ、
リスの姿となり!?
アメリア
家族に虐げられる
パーシバル伯爵家の長女。
薬師の才能を
セスティナ公爵に気に入られ
セドリックの婚約者となる。
毛嫌いしていたはずの私に
リスになってしまった婚約者が、
助けを求めてきました。

リンジー

パーシバル伯爵家の次女。
義姉のアメリアが自分より
目立つことをよく思っていない。

キース

パーシバル伯爵家の長男。
義姉のアメリアを
召使いのように扱っている。

エリザ

パーシバル伯爵家の
血を引くなぞの魔女。

フレディ

セドリックの従兄。
セドリックとは真逆の性格の、
頼れる快活なお兄さん。

ジェイド

ディルフィニア国の王太子。

序章　アメリアの日常

「きみみたいな女が婚約者だなんて最悪だ」

冷ややかに吐き捨てられたセリフに、十七歳のアメリア・パーシバルは顔色一つ変えずに謝った。

「……。申し訳ありません」

「申し訳ないなんてちっとも思っていないだろう！」

即座に言い返したセドリックがハッとしたように口を噤む。

ここはディルフィニア国、王宮。

きらびやかにシャンデリアが輝き、高貴な招待客で賑わう夜会会場だ。

金髪碧眼、容姿端麗、代々王宮医を務めるセスティナ公爵家の嫡男として顔が広いセドリックの姿は会場内でも目立っている。二十歳とまだまだ年は若いが、いずれは父である公爵のように王家の侍医として国を支えていくだろうと期待されているのだ。

そんな将来有望な青年が婚約者に対して怒鳴り散らしていては外聞が悪い。

セドリックは声のトーンを落としながらもアメリアを詰った。

「だいたい、王家主催の夜会だというのにその野暮ったい格好はなんのつもりだ。俺に恥をかかせたいのか？」

「え、いえ。別にそういうつもりでは」

「じゃあどういうつもりなんだっ。なぜ俺が事前に贈ってやったドレスで来ない？　そんな老婦人のような古臭いドレスで来るなんて……、当てつけのつもりか⁉」

「当てつけ？」

「俺が選んでやったドレスは気に食わなかったとでも言いたいんだろう⁉　だが、きみの好みに反していようとも、こっちはきみが少しでも会場で浮かないようにと選んでやったんだ」

愛らしいペールピンクに、大人びたライラック、鮮やかなレモンイエロー。会場内にいる令嬢たちは皆、華やかで色とりどりの花のようだった。

アメリアのねずみ色のドレスは明らかに悪目立ちしている。ダークブラウンの髪色と鳶色の瞳も相まって、より一層陰気で暗い雰囲気に見えることだろう。

セドリックは早口で捲し立てた。

「きみは俺のことが嫌いかもしれないが、こっちだって――こっちだって、お前のような女と我慢して婚約してやっているんだ。せめて公の場ぐらい、それなりに振る舞えっ」

「…………」

人目があるためか、一応は敬意を持って「きみ」と呼ばれていたセドリックからの呼称が「お前」に変わり、アメリアは反論する気力をすっかり失くしてしまった。

確かにセドリックからは夜会用のドレスが贈られてきた。

だが、ちょっとしたトラブルがあって着られなくなってしまった。

クローゼットにはこのねずみ色のドレスしかなかった。

……そう一生懸命説明したところで、はたして彼は納得してくれるだろうか？

ここまで徹底的に嫌われているのだ。何を言ったところで言い訳にしか聞こえないだろうし、怒っているセドリックに話を聞き入れてもらうのは容易ではない。

結局、アメリアは誤解を解こうとする努力よりも、この場を収めることを選んでしまい、もう一度「申し訳ありません」と口先だけで謝ってしまう。

セドリックからの返事はなかった。

二人の間には冷え冷えとした空気が流れる。

そこへ、タイミングを見計らったかのように明るい声が掛けられた。

「ああ、いたわ！　お姉さま、セドリック様～！」

プラチナピンクの髪にぱっちりとした瞳の令嬢と、同じくプラチナピンクの髪を耳にかけた利発そうな美少年が意気揚々とやってきた。

二人はアメリアの異母妹弟だ。そのため、容姿はアメリアとはまったく似ていない。

近寄ってきた二人に対し、セドリックは打って変わって親しげな態度を見せた。

「リンジー、キース。来ていたんだな」

「ええ、もちろんです。姉一人では心配ですし、……もしかして、僕たちがいない間に姉がまた何か失礼な態度をとってしまいましたか？」

「……いや。ドレスのことで少しな」

「アメリアお姉さまったらせっかくセドリック様がドレスを贈ってくださったのに、こんな趣味の悪いドレスで来るなんて失礼ですわよねぇ」

「パーシバル家の者として、姉に代わってお詫びします、セドリック様」

キースがかしこまった態度で謝罪した。

あどけなく、可愛らしい容姿のキースが紳士のように振る舞っても、一生懸命背伸びして大人の世界に入ろうとしているようにしか見えないだろう。

それが逆にセドリックには微笑ましく感じられるようだ。一人っ子の彼は、年の離れた弟に接するように親しみを込めて皮肉った。

「ふっ。十三歳とは思えない大人びた態度だな？」

「すみません。失礼でしたか？」

「いいや。パーシバル伯爵も嫡男がこんなにもしっかりとしていて頼もしいだろう」

セドリックはキースがお気に入りだ。

二人の会話をぼんやりと聞いていると、アメリアの腰のあたりに何かが押し付けられた。

振り返ったはずみでぽとりと床に落ちたのは——軽食として出されていたカナッペだ。

リンジーがアメリアを指差す。

「やだ、お姉さまったらドレスが汚れているわよ」

腰の部分にクリームチーズがべったりと付着してしまっている。

「いったい、どこでくっつけられたのかしら？」

「気が付かずにぼうっとしているなんて……。姉さんは本当に注意力散漫ですね」

心配するそぶりを見せながらも二人の口元は笑っている。どう考えてもリンジーにしかできない犯行だが、二人はアメリアが反論してこないとわかった上でやっているのだ。

そんなリンジーはレースでたっぷりと縁取られたハンカチを取り出した。

「お姉さま。わたしが拭いてあげるわ」

リンジーがかがむ。その様子は周囲の男性の視線を釘付けにさせた。

「——あれは、パーシバル伯爵家のリンジー嬢？　可憐なだけではなく心優しい、天使のようなご令嬢だな」

「それに比べて姉の方は……」

「人前で妹にドレスを拭かせるなんて傲慢な……。美しいリンジー嬢への妬みでもあるのではないか？」

そんな囁き声が聞こえてくる。リンジーと比較されるのはいつものことだが、外聞を気にしたアメリアはリンジーの手から逃れた。

「あなたがそんなことをする必要はないわ。自分で拭けます」

しかし、これは良くない対応だったらしい。

「ご、ごめんなさいっ、お姉さま……！」

びくっ、と大げさに身を竦めたリンジーに同情する声はますます大きくなってしまう。

「なんて冷たい姉だ……」

「可哀想に。リンジー嬢は怯えているじゃないか」

丸聞こえのひそひそ話に溜息をついたセドリックは、かがんでいたリンジーに優しく手を貸した。そしてアメリアの方を向くと、自分のハンカチを差し出す。

公爵家の嫡男らしいスマートな対応だった。陰口も止む。

好んで悪しざまに言われたいわけではないので、アメリアも心持ちほっとして「ありがとうございます」と礼を言おうとした。だが、

「アメリア、今日はもういいから帰れ」

厄介払いでもするように言われてしまった。

これもよくあることだ。アメリアは最後までパーティーに参加できたためしなどない。

しかし、今日は参加した目的があったために反論する。

「わかりました。ですが、セスティナ公爵にご挨拶だけでもさせていただけませんか？」

セスティナ公爵というのはセドリックの父だ。

婚約者との関係は良好とは言えないが、父親である公爵は何かとアメリアを気にかけてくれている。先日も研究書を贈ってくれたばかり。忙しい公爵と会える機会は少ないため、せめて一言くらい声を掛けてから帰りたかったのだが……。

「父には体調不良で帰ったと伝えておく。そんなみっともない格好で会場をうろうろするな。恥ずかしい」

「………」

「えーと……。あっ、そうだ、セドリック様！　姉の代わりと言ってはなんですが、僕がお父上にご挨拶させていただいても構いませんか？」

二人の間に、空気を読んだ顔をしたキースが割り込んだ。

リンジーまで甘えた声で加わる。

「あら。キースったらずるいわ。セドリック様、わたしも連れていってくださいませ」

ぴりりとした空気が二人によって和み、セドリックは渡りに船とばかりに頷いた。

「ああ、そうだな。アメリアの代わりに二人に来てもらおう」

「はい。お姉さまは先に帰って、すぐにドレスを洗った方がいいわ。染みになってしまうもの」

リンジーは親切めかしてアメリアの帰宅を促し、

「姉さんの代わりは僕たちがしっかり務めますから」

キースも途中退場する姉を安心させるように微笑んだ。

アメリアは人波に消えていく三人を見送る。

渡されたセドリックの上等なハンカチではなく、自分のハンカチで汚れたドレスを拭いた。来たばかりだというのにすごすごと王宮を後にし、馬車に乗り込む。

こんなふうに邪魔者扱いされるのは慣れている。

別に、今さら悲しむような気持ちはないけれど……。

「……リンジーがセドリックと結婚したらいいのになあ……」

そうしたらすべてが丸く収まるのに。

リンジーはあからさまにセドリックに気があるし、セドリックも地味女よりも可愛いリンジーと一緒にいたほうが嬉しいだろう。アメリアはセドリックから嫌味を言われることも、リンジーから嫉妬交じりの嫌がらせを受けることもなくなる。

だが残念なことにセドリックの父、セスティナ公爵は「アメリアを」とご指名なのだ。
格下のパーシバル家は従うしかない。
やれやれと肩を竦めたアメリアは背もたれに身を預けて目を瞑(つぶ)った。
……ああ、早く自分の部屋に帰りたい。
小さな自分の部屋だけがアメリアにとって唯一(ゆいいつ)の落ち着ける場所だった。

一章　非日常は突然に

王宮からの馬車を降りたアメリアは、汚れたねずみ色のドレスをよっこらせとたくし上げてパーシバル家の門をくぐった。

門を入ってすぐに迎え入れてくれるのは美しい庭園だ。庭師によってきちんと手入れされた花園は、訪れる客人の目を楽しませるように計算しつくされている。

その庭園を突っ切り、玄関へと向かう道を逸れ、アメリアが向かうのは屋敷の裏手。人に見せるための表の庭園とは打って変わり、こちらは伯爵家のプライベートゾーンとなっている。

まずは実用的な畑。食用のバジルやディル、サラダに使うチシャの葉やプチトマトが実っている小さな畑は料理人たちが管理しているものだ。

そして温室。野生では採ることが難しい、珍しい薬草を育てている。こちらも使用人たちによって枯らすことのないようにきっちりと管理されている。

さらにその奥。

農具などが置いてある倉庫を挟み、パーシバル家の隅の隅には比較的新しい小屋が建てられていた。

築五年。夏は蒸し暑く、冬は隙間風の多い掘っ建て小屋。

……ここがアメリア・パーシバル伯爵令嬢の自室である。

鍵すらもない部屋に入ると、まず鼻につくのは薬草の匂いだ。部屋の上部に張ってある麻縄には根元を縛った薬草がずらりと吊るしてある。

作業用の机の上には小型の釜と試験管。

手が届く棚には、乳鉢や乾燥させて小分けにした薬草をしまっている。

薬缶の載ったストーブに火を入れたアメリアはねずみ色のドレスを脱ぎ捨てた。固いヒール付きの靴をぽいと放り、本邸の使用人たちによってぎゅうぎゅうに結い上げられた髪も解いてしまう。

部屋着に着替えて白衣を羽織る頃には湯が沸いた。

その湯を使ってネトルとカモミールのハーブティーを淹れる。心が落ち着くお茶を飲んだアメリアはようやくひと心地つくことができた。

「……やっぱり、パーティーは苦手……。学会や発表会の方がましだわ」

白衣さえ羽織って立っていれば格好がつくような場とは違い、四六時中品定めをされているような居心地の悪さを感じてしまう。

（それは、私が生粋の貴族の生まれじゃないからかもしれないけど）

この家で血の繋がりがあるのは父しかいない。

アメリアは父が浮気相手に産ませた子どもだった。

妹のリンジーとは一歳しか年が違わない。正妻の座は良家の出だった継母で、アメリアとしがない商家の出だった母は認知されることもなく市井で暮らしていた。

しかし、五年前の冬――アメリアが十二歳の時に母が病で亡くなり、父に引き取られることになった。アメリアの生活は一変してしまった。

いきなり家族の一員になった「娘」に、継母と彼女の子どもである妹弟が反発するのは当然のことだろう。さらに、その娘が市井で暮らしていたくせに薬学の才能があり、入学したアカデミーでもすぐに学年トップになったとなれば、面白くない存在に決まっている。

冷たく当たられ、迫害されるようにこの離れに追いやられたが……、彼らにとっては幸か不幸か、勉強しかやることがなくなったアメリアは飛び級で卒業してしまった。今は薬師である父の仕事を手伝う傍ら、研究論文やレポートを学会で発表させてもらいながら生活している。

アメリアは机に積まれた研究書を手に取った。

この部屋にある本のほとんどはセドリックの父、セスティナ公爵が贈ってくれた本だ。

アメリアは王家の侍医を務めている公爵からは気に入られていた。理由はわかりやすい。

アメリアが「優秀だから」だろう。

医者の家系であるセスティナ公爵家の一人息子、セドリック。

薬学の家系であるパーシバル伯爵家の長女、アメリア。

植物を掛け合わせてより良い品種を作り出すかのように、優秀な跡継ぎを産むことをアメリアに期待しているのだ。だが、セドリックは……。

アメリアが論文を出せば出すほど、研究に打ち込めば打ち込むほど、彼はアメリアに冷たく接するようになっていった。

おそらく彼が求めているのはもっと可愛らしい女性なのだ。

セドリックの半歩後ろを歩き、常に彼に称賛と尊敬の目を向け、令嬢らしく綺麗なドレスに身を包んだリンジーのような……。

年中ぼさぼさ頭で薬草臭いアメリアは、はっきり言って嫌われていた。

(私もセドリック様のことは苦手だし、嫌われていたって別にいいけど)

家のための結婚なんてこんなものだろうか?

ただでさえ仲の悪い二人が結婚したところでまともな家庭なんか築けそうにない。ギスギスした、喧嘩の絶えない居心地の悪い家になりそうだ。そうまでして優秀な血筋を残したいと考えているなら恐れ入る。

　しかし、再三婚約を辞退したいと申し出てもセスティナ公爵が折れてくれなかったので、アメリアはもうすっかり諦めていた。結婚なんてこんなものだと自分を納得させる。折れないセスティナ公爵の心を変えようと働きかけ続けるほどのガッツはアメリアにはなかった。


　王宮での一件は頭の片隅に追いやり、研究書を読むのに没頭していたアメリアだったが――真夜中近くになり、異変に気が付いた。

カタカタ、カタカタと聞こえる振動音。

　本から顔を上げて首を傾げる。

「……風？」

　それにしては小刻みだし、一方向からしか音は聞こえてこない。どうやら窓を揺さぶられているようだった。

(外に猫でもいるのかしら)

　気になったアメリアは音が聞こえる窓のカーテンを開けた。

　真っ暗闇の向こう側にランプの明かりを近づけると……。

「まあ……」

　そこにいたのは可愛らしい野リスだった。

　なにやら必死の形相で窓を開けて欲しいと訴えている。その様子がかわいそうで、アメリアは思わず窓を開けてしまった。

「どうしたの、リスさん。犬や猫にでも追われていたの？」

　野生のリスなんて珍しい。

　飛び込んできたリスはキューキューとアメリアに向かって鳴いた。しきりに手を動かし、何かしらのジェスチャーをしている。

「ずいぶんと人に慣れているのね？　誰かに飼われていたのかしら」

　芸でも仕込まれていたのかと思うほどに表情豊かなリスだ。

「キューッ！」

「ええと……。それ、なんのポーズかしら……。お腹がすいているの？　確かどこかにヒマワリの種があったような気が……」

「キューーッ！」

「違う？　お水？　あ、寝床を探していたの？」

「キューッ！　キューーッ！」

　違う、違う！　と言いたげにリスは首を振っている。何か訴えたいことがあるらしいが、残念ながらさっぱりわからない。

た。

リスは焦れたようにアメリアの机に飛び乗ると、並べてあった本の背表紙を指差し始め

小さな手でCの文字をばしばしと叩く。

「C、E、D？　R、I、C……、セドリック？」

そして、M、Eを差した後に自分を指差す。まるで自分がセドリックだと言わんばかりの身振り手振りだ。

「セドリック様？　えっ、セドリック様なんですか？」

キューキューと鳴いたリスは何度も頷いた。そんな馬鹿な。

俄かには信じがたいが……、試してみたいことがあったアメリアは薬品棚から試薬を取った。蜂蜜のようにとろりとした琥珀色の液体を小皿に一滴だけ垂らす。

「これは古代魔術を参考に、サンザシの実と葉、月桂樹の葉、竜骨草の粉末を混ぜたものです。医学的効能はほぼないのですが、古代では解毒作用があるといわれていたみたいで、試しに作ってみたんですよね。もしも本当にあなたがセドリック様だというのなら、なんらかの効果があるかも……」

アメリアが喋っている最中だというのにリスはためらいもなく薬を舐めた。

そして、もだもだと転がりだす。

「ああっ、リスさん！　勝手に飲んではダメですよ、動物には希釈しないと……」

「げほっ、げほっ！　こんなおかしな薬を研究しているとは、信じられない女だなまったく……はっ！　こ、声が出せる！」

なんと、リスはセドリックの声で喋り出したのだった。

つぶらな瞳にもふもふの尻尾。

こげ茶の毛に覆われた賢そうなリスを前に、アメリアは恐る恐る尋ねた。

「あのう……。本当にセドリック様ですか？　いったい、どうしてこんな……」

お可愛らしい姿に？

セドリックだと名乗るリスは怒鳴った。

「知らん！　お前が帰った後、俺も具合が悪くなって帰ったんだ。今思えば、あの時飲んだワインの味は少し妙だった。……毒だ、毒が盛られていたに違いない！　そして家に帰って眠って起きたらこんな姿になっているじゃないか！」

『リス？　いったいどこから入ってきたんだ？』

パニックになったセドリックは、たまたま部屋を訪ねてきた従兄に訴えたらしいが――

『キュッ！　キューッ！』

『はっはっは。その慌(あわ)てぶりから察するに、侵入(しんにゅう)してきたはいいが出口がわからなくて困っていたんだな。ようし、捕(つか)まえた！』

『キュ、……ッ!?　……!!』

抵抗虚(ていこうむな)しくとっ捕まり、

『ほら、お逃(に)げ。……それにしてもセドリックの奴(やつ)、部屋で寝(ね)ているって聞いたがどこに行ったんだ～？』

『キューッ！　キューッ！　キュウウウウ!!』

――説明の余地もなく、窓の鍵をガチャンと閉められ、追い出されてしまったらしい。

「それで……、行く当てもなく私のところにいらっしゃったと？　というか、私がこの小屋に住んでいるってご存じだったんですね」

「リンジーとキースから聞いたことがあったからな」

フンとセドリックがそっぽを向く。

喋れるようになったリスの声も口調もセドリックそのものだ。偉(えら)そうに腕(うで)を組み、仕方なく来てやったと言わんばかりの態度をとる。

「お前は薬学の専門家だろう。もしも俺に毒が盛られていた場合、お前なら解毒できるかと思って――いや、待てよ？　お前か？　お前が俺に毒を盛ったんだろう！」

「まさか！」

いきなり悪者扱いされたアメリアはぎょっとした。

「私は帰れと言われてすぐに帰ったんですよ。セドリック様に毒を盛ることなんてできません」

「ではなぜ見計らったかのようにさっきの薬を出したのだ。事前に用意していたんじゃないのか！　俺を……こんな姿にして、復讐のつもりなんだろう！」

「……復讐？」

「お前につらく当たってきたことを詫びさせたかったのか？　そんなことくらいでいいならいくらでも詫びてやる。だから早く元に戻せっ」

そんなことを言われても困る。

「……残念ですが、私は何も知りません」

「ふざけるな、なんとかしろ！　『魔女の家系』だろう⁉」

パーシバル家は魔女の家系。

社交界ではそう渾名されているが……。

「そんなの、ただの迷信ですよ。まさか、本当に我が家が『人をヒキガエルにする薬』とか『不老不死の薬』とか、おとぎ話みたいな薬を作って売っているだなんて信じているわけではないでしょう？」

ご先祖さまたちは研究熱心で、怪しげな薬もこれまでに色々と作ってきたようだ。

暗い部屋で陰気に釜をかき混ぜる様子から「まるで魔女みたい」と皮肉られ、社交界で渾名されることになったのだろうということは想像に難くない。

「魔女や魔法を信じているのなんて、今どき子どもくらいですよ」

「お、俺だって信じているわけではない！　だが、現に俺はリスにされたんだ！　解毒剤の作り方は遺されていないのか⁉」

「リスを人に戻す薬なんて作ったこともありませんし、いきなり言われてもわかりませんよ……」

混乱しているらしいセドリックは無茶苦茶なことを言っている自覚もないらしい。アメリアは溜息をつく。

「ともかく、調べてみるだけ調べてみます。セドリック様はお屋敷に帰ってご家族に事情を説明してはいかがです？　とりあえず話せるようにはなったわけですから」

「それは」

やかましく喋っていたセドリックは口ごもった。

口元を押さえ、ぱくぱくと開け閉めしたかと思うと、「キュウウゥゥ……」という鳴き声が漏れた。絶望した顔で虚空を見つめている。

「セドリック様？」

「…………キュ……」

「あ、もしかして薬の効果が切れたんでしょうか？　もう一度舐めますか？」

アメリアが先ほどの薬を匙で掬って差し出すとセドリックは力なくそれを舐めた。ややあって再び話し出す。

「馬鹿な……こんなことがあってたまるか……」

「薬は一定時間しか効果がないんですね。もう少し濃度を上げた方がいいのかしら」

「ふざけるな……俺、俺は、一生この野ネズミのような姿なのか……？」

悲しみに打ちひしがれる姿はやや哀れだった。

「セドリック様、元気を出してください」

「…………」

「ひとまず……、公爵家に連絡を入れますね？」

ここで騒いでいても仕方がないだろうし、アメリアだってセドリックと一緒にいたいわけではない。

だが、セドリックは首を振った。

「やめろ。家に連絡は入れるな」

「なぜです？　突然セドリック様が行方不明になったら皆さん心配なさいますよ？」

「いいからやめろ、やめてくれ。こんな訳のわからん不名誉な姿になったと知られるくらいなら失踪したとでも思われていた方がましだ」

　セドリックは頑なに連絡を入れるなと言った。

「そうですか……。では、えっと……、庭にブナや樫の木がありますので、そちらで過ごされますか？」

「は？　お前は婚約者を外に放り出すつもりなのか？　こんな真夜中に！」

「え？　だって……」

　アメリアを嫌っているセドリックのことだ。

　同じ部屋で過ごすなんて嫌だろうと思っての提案だったのだが。

「追い出そうとするなんて薄情な女だな！　やはりお前は最低だ！　俺が野良猫や鳥の餌食になっても構わないと言うのか！」

「…………」

「わ、悪かった。すべて俺が悪い。……頼む。どうかこの部屋においてくれ」

　アメリアが何かを言う前に、セドリックは土下座した。

　これまで冷たく当たってくるセドリックのことは苦手だと思っていたし、リスの姿になったところで知ったことではないが、つぶらな瞳ともふもふのしっぽに免じて滞在を許可してやることにした。

「わかりました。でも、文句は言わないでくださいね」

「文句を言いたくなるような待遇をするつもりなのか」

「それは私ではなく……、いいえ。なんでもありません。とにかく今夜はもう遅いですし、休みましょう。もしかしたら、明日の朝、目が覚めたら元に戻っているかもしれませんよ」

「そうだな。……そうでないと困る。明日は朝一番にオイゲン侯爵の往診が……、夕方からはエフェンディ医官からの引継ぎが……あああ……」

王宮医としての仕事のことを思い出したらしいセドリックは頭を抱えている。

アメリアは部屋にあったカゴの中にハンカチやタオルを敷いてやった。セドリック用の即席簡易ベッドだ。ちょうどセドリックから借りていたハンカチもあったことだし、じゅうぶんだろう。

「どうぞ」

「……すまない……か、感謝する……」

小声でぼそぼそと礼を述べたリスは、意気消沈したままで寝床の中に潜り込んでいった。

翌朝——

「アメリアッ！　いつまで眠っているの、このグズッ！」

バン！　とけたたましく開いたドアに、タオルを敷いたカゴの中からは「ピュッ⁉」と甲高い悲鳴が上がった。

　アメリアの方は動じずに身を起こす。

　窓の外を見るとまだ日が昇って間もない。いつもよりも早い襲来だった。

「おはようございます、お義母さま」

「いい身分ね、アメリア。リンジーとキースに聞いたわよ？　あなた、夜会が始まって早々にセドリック様から帰れと追い返されたんですってね。社交もろくにできないくせに、だらだらと夜更かししているなんて信じられないわ」

　どうやら、昨日の夜会のことはしっかり継母の耳にも入っていると思われる。

　暗い部屋で塞ぎ込んでいるのならいい気味だろうが、夜中まで明かりをつけて元気に過ごしていたらしいのが継母の気に障ったようだ。

「まさか、さっさと帰りたいがためにわざとセドリック様を怒らせたんじゃないでしょうね⁉」

「そんなことしません」

「どうだか。社交もろくにできないのならさっさと起きて働きなさい。このリストにある薬を昼までに作ってお父さまの部屋に持って行くように！　それと……、キャアッ！」

机にメモを叩きつけた継母だが――そこに置かれたカゴの中、ハンカチの隙間からつぶらな瞳が怯えたように見上げていることに気付くと悲鳴を上げた。

「ネズミッ！」

「リスです」

カゴごと叩き落とされかねないと思ったアメリアは、すばやく反論しておいた。

「ゆうべ迷い込んできたので保護しました」

リスも自分が無害であることをアピールするかのようにハンカチから身を出した。

ぷるぷる震えながら継母を見上げるも、残念ながら彼女の琴線には触れなかったらしい。汚らしいものでも見るように軽蔑した視線を向けられていた。

「リスなんか拾って……。薬品に毛でも落ちたらどうするつもりなの！」

「すみません。すぐに追い出しますから」

「そうしなさい！　ああ、嫌だわ。こんな物置部屋に長居したらノミや毛が付きそう！」

継母はわざとらしくドレスの裾をはらって出て行った。サンザシの薬を舐めたセドリックは信じられないものを見たとでも言いたげな表情をしている。

「伯爵夫人は機嫌が悪いのか？　俺と話す時はもっと上品で落ち着いた方なのに……。それに、怒られるほど遅い時刻ではないだろう。まだ朝の七時前じゃないか」

「……。義母を怒らせたくないので、見つからないようにしてくださいね」

つまみ出されるようなことになってもアメリアは責任を負えない。

疲れがとれていないらしいセドリックは眠そうに身体を動かし、未だ獣姿のままの自分の手足にがっくりきていた。時間経過で戻るほど甘くはないらしい。

「戻っていない……」

「戻っていませんね。残念です」

こんなすごい毒薬の調合法が発表されたら大騒ぎだろう。

（毒薬かどうかもわからないけど。天罰？　呪い？　それとも黒魔術？）

なんにせよ、相当セドリックに恨みを持つ者の犯行に違いない。

「セドリック様。朝食なんですが……」

「ああ。俺に構わず食べに行け。ついでに俺用に何か食べるものを用意してきて欲しい」

「……すみません、ビスケットと水で構いませんか？」

「この俺にビスケットと水だと？」

むっとした様子のセドリックに構わず、アメリアは保存用のブリキ缶を開けた。

小麦粉を練って焼いただけのビスケットを数枚皿に出す。セドリック用には小さく砕き、水は……とりあえず、サンザシの薬と同じように匙に掬って置いてやった。

リスにハーブティーや紅茶を飲ませていいものかわからないし、自分一人だけお茶を飲むのも、と思ったアメリアは自分の分の水もティーカップに注ぐ。

セドリックは意味がわからないという顔をしていた。

「なんだこれは。お前、こんな粗末なものを食べているのか？」

「はい」

「ハッ！　食事を疎かにしてまでこの建物に引きこもっていたいのか？　どこまで陰気な奴なんだ」

「いえ。私は夕食の時間しか本邸に入ることを許されていませんので」

「はあ？　本邸に入ることを許されていない……？」

セドリックは驚いたように目を見開いた。

「な、なんだそれは！　お前は……確か、本邸では研究がしづらいとワガママを言ってこの離れを建てさせたんだろう⁉」

「そうなんですか？」

「そうなんですかってなんだ！　家族とろくに顔を合わせたがらず、部屋に引きこもってばかりで困っていると、リンジーとキースが言っていたんだ！　そう、リンジーと、キースが……」

急にトーンダウンしたセドリックは、改めてアメリアの部屋を見ていた。

どうせ、質素な部屋だとでも思っているのだろう。令嬢らしい調度品の類は一切見当たらず、隙間風のひどい北側の壁は厚紙とテープで目張りしてある。

手にしたビスケットまで、まじまじと見ていた。

「この、ビスケット……」

「毒は入っていませんよ」

「そんなことは疑っていない！　誰が作ったものなんだ！」

「私ですが」

「か、菓子作りが趣味なのか？」

「いえ。夕食だけだとお腹がすくので、時間がある時にこっそり厨房を借りて作り溜めておくんです」

アメリアは少食だし、洗い物もほとんどしなくていいので効率的でもあった。

「いつからこんな暮らしをしている？」

「もう五年ほどになりますね」

「五年⁉　なぜ俺に言わなかった！」

「特に聞かれませんでしたので」

時間が勿体ないアメリアはてきぱきとビスケットを食べてしまう。

セドリックは頭を抱え出した。

「信じられない……こんな、こんな、粗末な……」

（粗末な食事、ってこと？）

公爵家では朝からさぞかし豪華な食事をとっていたのだろう、とアメリアは解釈する。ビスケットと水の食事など、公爵家では使用人以下かもしれない。

「粗末な食事ですみません。ご不満でしたら出て行っていただいて構いませんよ」

「違う！　俺が不満なのは食事内容ではなく、お前の境遇だ！　おかしいだろう、夕食以外に食事も貰えないなんて……」

セドリックは勢いよく顔を上げた。

「っ、婚約者がこのような扱いを受けているなど許容できない。今すぐパーシバル伯爵に掛け合って交渉する」

「はあ」

「なんだその気の抜けた返事は！　俺が直接バシッと言ってやるから、お前は大人しく——……」

勢い込んだセドリックの語尾が沈んでいく。

彼は今、リスの姿なのだ。正体を信じてもらえるかわからないし、元の姿に戻れるかもわからないという意味不明の状態で、どれだけの発言力があるだろう。

アメリアは軽く肩を竦めた。

「気遣っていただきありがとうございます。ですが、私は今の生活で不便はありませんので大丈夫です」

「大丈夫なわけがあるか！」

「本邸が煩わしいというのは事実ですし、放っておかれた方が私も気楽ですのでお気遣いなく」

離れに追いやられる前は、押し付けられる雑用や嫌がらせは今よりもずっと多かった。

気づまりな雰囲気の中で食事をとるよりも、本を片手にビスケットを齧る方が性に合っているのだ。

「セドリック様、とりあえず私は義母が持ってきた仕事を片付けますのでお好きに過ごしていてください。それが終わったら、呪術や毒物の本にセドリック様の症状に似た事例がないか調べてみましょう」

「…………わかった」

すっかり意気消沈したらしいセドリックは、「俺を優先しろ！」と怒り出すこともなくビスケットの欠片を口にする。それを横目に、アメリアは仕事を開始した。

「こっちが痛み止めで、こっちが貼り薬……っと」

作った薬をリストと照らし合わせ、アメリアは「ふう」と息をついて顔を上げた。

大きく伸び。さて、お茶でも淹れようかと身体を捻ると、薬品棚にリスがちょこんと座っていたのでびっくりした。

「わっ、セドリック様！」

「終わったのか？」

「え、ええ。終わりました」

口にしてからハッとする。今、何時⁉

時計の針は午後一時を差していた。

「申し訳ありません。昼食のことをすっかり忘れておりました」

朝食の後、セドリックは周囲を確認してくると言って出て行った。

出入りができるように窓を少し開けておき、水とサンザシの薬はいつでも飲めるように匙に揃って置いてある。その後、アメリアは作業に集中していたため、昼食はおろか、セドリックの存在自体を忘れてしまっていたのだ。

「……気にしなくていい。集中していたようだったから、声を掛けなかったんだ」

「そうでしたか。すみませんでした」

慌ててビスケットを出す。

ひとかけらを口にしたセドリックに、「この後の予定は？」と尋ねられた。

「父の部屋に薬を届けに行きます。その帰りに書庫に寄るつもりです」

「本邸には夕食時以外は立ち入り禁止なんじゃなかったのか？」

「立ち入り禁止ですが、怪しげな呪術関連の本は書庫にしかないので仕方ありません。見つからないようにこっそり入れば大丈夫でしょう。この時間なら、リンジーもキースもまだアカデミーから帰ってきていませんし」

お嬢様育ちで薬学に興味のない継母が書庫に来ることは滅多にないし、父も父でアメリアを咎めることはしないのでおそらく大丈夫だろう。

「そうか。それなら俺も行く」

「え」

「ついていってはいけないのか？」

行く気満々らしいセドリックにアメリアは肩を竦めた。

「構いませんが……、見つからないようにしてくださいね」

「もちろんだ。お前のポケットに俺を入れてくれ」

「……わかりました」

柔らかい身体を掴み、白衣のポケットに入れてやる。

片側だけが不格好に重くなったので、反対のポケットにも適当に物を突っ込んでバランスをとった。特に使う予定のないピンクソルトの入った瓶は重さ的にもちょうど良い。

離れを出て、父の書斎に向かいながら思う。

（セドリック様、この家に居座るつもりかしら。出て行ってくれても良かったんだけどな……）

正直言って、アメリアにとってセドリックはどうしても救いたい相手というわけではないため、彼に関することは日々の雑務の後回しになってしまう。公爵家の伝手やセドリック自身の友人を頼った方が早く問題は解決しそうなのに、どうも彼はアメリアの元に留まるつもりらしかった。

（毒を盛られたと騒いでいたし、周囲の人のことを疑っているのかしら……）

ポケットの中で大人しくしているセドリックとは会話を交わさないまま父の部屋に着いた。ノックをするが返事はない。留守のようだった。

「伯爵は不在か」

「ええ。そのようです」

アメリアは扉を開けてすぐのところに置いてある空箱に薬を入れた。

蓋を閉めて錠前をかける。鍵は父が持っているため、一度蓋をしたら父しか取り出せないようになっているのだ。一方通行のポストのようなものである。

そして一方通行のポストはもう一つある。

こちらはアメリアが鍵を持っている。中に入っている封筒を取り出したアメリアは、箱の中身を取り出したことがわかるように蓋を開けたままにしておいた。

「それは？」

「報酬です。納品と引き換えに貰っていきます」

「……？　パーシバル伯爵からお前への賃金ということか？」

「そういうことです」

部屋を出ると、ちょうど父が戻ってきた。

「あ、お父さま。頼まれていた薬を届けに来たところです」

「………………」

父はアメリアを一瞥すると黙って扉の向こうに消えた。

返事がないのはいつものことだ。アメリアはその場を離れ、書庫に向かう。

父がいなくなるとリスは再びポケットから顔を出した。

「お前、伯爵と喧嘩しているのか？」

「いいえ？　お父さまはいつもあんな感じですよ」

「なぜ無視をされたんだ」

「一応私の方は見ましたので、無視はしていないかと思うのですが」

「……意味がわからん」

セドリックは呻くように言った。

「なぜ伯爵はこんなに回りくどいことをする？　お前を本邸に住まわせ、妹弟と同じように食事や小遣いを与えてやればいいだけの話じゃないか」

「……これは私の勝手な憶測ですが」

アメリアは階段を下りながら推論を語った。

「父は継母が怖いんじゃないでしょうか？　私の能力を認めてくれてはいるものの、娘として扱うと継母の機嫌が悪くなるので……、働かせた報酬という形でこっそりお金をくれるんだと思っています」

「夫人の顔色も窺いたい、でもお前に対しての情も一応はあるとでも言いたいのか？　失礼を承知で言うがどっちつかずな奴だな。家長としての威厳が感じられん」

「……まあ、アカデミーには通わせてくれましたし、根は悪い人ではないんじゃないですか？」

適当な返事をしながら書庫の扉を開ける。

パーシバル家所有の書庫はかなり広く、整然と並べられた本棚でワンフロア丸々埋めつくされている。部屋の下半分を地面に埋める形で作られており、上部にある窓からは外からの明かりが入るようになっていた。

セドリックもその蔵書量の多さに驚いたようだ。

「これはすごいな。公爵家以上だ」

「古い文献や研究記録も多いので、数代前の当主がこの半地下書庫付きの屋敷を建てさせたんだそうですよ」

ただ、なんでもかんでも門外不出にしたがり、信憑性に欠けるものも多いのが難点だ。

アメリアは禁書の棚に近寄った。

「この辺りに『魔女のレシピ』があるはずです」

「魔女のレシピ？」

「ええ。飲んだらヒキガエルになってしまう薬とか、背中から虹色の羽根が生えてくる薬の覚え書きです」

「『飲んだらヒキガエルになる薬』！　ほら見ろ、やはり存在するんじゃないか！」

セドリックは嬉々としてアメリアを指差す。お前が犯人だと言わんばかりだ。まあ、気持ちはわかるが。

「眉唾物ですよ。材料が『一口齧った後で三か月熟成させたアダムのリンゴ』だとか、『恋人たちがキスをしたヤドリギの葉』だとか。あとは動物の血だの臓物だの……」

医者の家系であるセドリックからしたら根拠のないものばかりだろう。

案の定、彼は失笑した。

「いかにも魔女っぽいな」

「そういうおかしな薬を作ろうとしたご先祖さまがいたせいで、きっとパーシバル家は魔女の家だと渾名されるようになったんでしょうね」

こんなものを作っていたら不気味極まりない。『やーい、お前の母ちゃん魔～女！』とか言われるわけだ。いや、貴族社会なので『おほほほほ、パーシバル家がまた変な薬を作っておりますわよ』とかだろうか。現在は薬師の家系として実績を積み重ねているため、陰口を聞いたことはないが——なんとも不名誉な渾名だけ残されてしまったものである。

「嘘か本当かは怪しいですが、現にセドリック様は動物化しているわけですし……。こういった古代魔法的な、呪術的な手法に何かヒントがあるかもしれません。一応、調べてみましょう。私も、この手の薬には詳しくありませんし……」

黒革の表紙の本をめくる。

年代物らしく羊皮紙がごわごわとしており、手書きで前文が書かれていた。

【この本を開きしもの、己の欲に呑み込まれぬように注意されたし。

全ては汝の手の中に。　　　　　　　　　　　　　E・F・P】

ちらりと中を見たセドリックは顔を顰めている。

「なんだ、この意味深な前書きは」

「さあ……。薬は用量を間違えれば毒にもなるぞ、というご先祖さまの訓戒では？」

PはパーシバルのPだろう。

中は薬草の図録のようだった。

かなり詳しく、アメリアが聞いたことのない薬草の名前もかなりある。めくっていくと、『解毒薬』の分類に行き着いた。「うっ」と呻き声を上げたアメリアに、セドリックも本を覗きたがる。

「どうした？」

「いえ……。セドリック様を戻すのに使えそうな薬草を早速発見したんですが」

「本当か！　どれだ⁉」

「これです。この人魚草という薬草。強い毒消し効果がある薬草で、体内に入ってしまった毒素の浄化が可能。古来、水の魔力を帯びているという伝承があり云々とあります。……が」

「が？」

「これを手に入れるのはほぼ不可能に近そうですね。西方の島国、しかも水の綺麗な場所にしか生えず、さらに乾燥すると効能が薄まる植物らしいので、確実に手に入れようと思ったら現地に向かうしかないのでは……」

「…………」

船、旅費、時間……。セドリックもアメリア同様に「うっ」と呻いた。

「し、しかし、どうしてもそれしか方法がないということになれば……」

「そうですね、その際は採取に行きましょう。費用は公爵家持ちでお願いします。ひとまず、他に代用できるものがないか調べますね」

「頼む……」

セドリックはしょんぼりと背中を丸めて落ち込んだ。

「ちなみに、毒を盛られたと思わしきワインから妙な味がしたとおっしゃっていましたが、具体的にはどんな感じだったんです？」

セドリックは記憶を手繰るように顎に手を当てた。

「……甘かった。そう……、酸味が特徴であるはずの赤ワインなのに、蜜のような甘さを感じたんだ」

「甘味ですか。甘味のある材料を使った毒……。臓物系じゃなさそうですね」

「ぞ、臓物？」

「ええ。臓物系なら乾燥させても苦味や血生臭さを感じそうですし。果実を材料にしたのかしら。腐らせて甘くしたものとか？」

「腐った果物？　お、俺はいったい、何を口にしたんだ？」

想像したらしいセドリックが「おえっ」とえずく。

かと思えば、怒りに燃えた目でじたばた暴れ出した。

「くそっ、俺をこんな目に遭わせるなんて……。お前じゃないとしたら、まさかあいつか

「あいつ？」

犯人に心当たりのあるらしいセドリックはもったいぶった言い方をした。

「ああ。フレディだ。フレディ・コストナー」

「どちらさまで？」

「なぜ覚えていないんだ！　婚約してすぐにうちで開いたパーティーで紹介しただろう！　俺の従兄だ！」

一度紹介されたことがあるらしいが、アメリアの記憶は曖昧だ。

「そのフレディさんから恨みでも買っているのですか？」

「嫡男である俺がいなくなって最も得をするのは奴だ。前々からセスティナ家の家督を狙っているに違いないと思っていた。……そう、リスになった俺を屋敷からつまみ出したのもフレディだ！　フレディが犯人で間違いない！」

「……証拠もないのに決めつけてしまうのは早計では？」

ぱらぱらと古い本をめくっていく。アメリアの興味なさげな態度にセドリックは怒った。

「お前……、本当に冷たい女だな！　俺がこのまま元に戻らず、家督をフレディに奪われてしまったらお前だって困るだろう」

「別に困りません」

「困らないわけがないだろう！　結婚する相手がいなくなるんだぞ⁉」

適齢期の令嬢にとって、嫁ぎ先を見つけるのは今後の人生を左右する重大なイベントだと言っていい。ただし、それは、ごく普通の貴族家庭に生まれた令嬢の話だ。

アメリアは書物のページを目で追いながら答えた。

「私は元々生涯独身で構わないと思っていました。もしもセドリック様が婚約破棄したいとのことでしたら応じるつもりでいましたし、仮にパーシバル家を追い出されるようなことがあったら修道院にでも身を寄せます。ですので、ご心配には及びませんよ」

「こ、婚約破棄？　修道院？」

セドリックはなぜか落ち着かない様子で右往左往している。

「……っ、キースたちの話は嘘ばっかりではないのか？　『お前が結婚に乗り気ではない』と俺に吹聴していたのは嘘では……」

「ああ、それは嘘じゃありませんよ。『私ではセドリック様のお相手は務まりません』と、婚約を辞退したい旨は公爵に申し上げてきましたから。残念ながら聞き入れていただけませんでしたが」

「な、な、な」

セドリック側から断るならともかく、アメリア側が辞退まで申し出ていたと初めて知ったらしい。さすがにプライドが傷ついたのか、怒りでぷるぷると震え出した。

「ふざけるなよ……！　俺だってお前のような女など、願い下げで……」

「——静かに！」

アメリアは素早くセドリックを捕まえると白衣のポケットの中に押し込んだ。

ギィッと扉が開く音が聞こえたような気がしたのだ。

（お父さまかしら。だったら無視されるだけで済むけど、お義母さまだったら厄介だわ）

棚と棚の間を見回るようにして近づいてくる足音……。

顔を出したのはキースだった。

「あれ？　ぼそぼそ喋り声が聞こえると思ったら姉さんじゃないか」

きょろきょろと周囲を見渡される。

「誰と喋っていたの？　誰かいたよね？」

ポケットの中ではセドリックが身を固くしていた。

「誰もいないわ。私一人よ」

「あはは、じゃあひとりごと？　孤独は人を病ませるんだねぇ」

「………。キース、あなた、アカデミーは？」

嫌味には取り合わずにアメリアは話題を変えた。弟は制服姿だが本来ならまだ授業中のはずだ。

「今日は学術発表会だよ。僕の出番は午前中で終わったから早く帰ってこられたんだ。それより……」

　キースは目ざとくアメリアの手元を見た。

「禁書は、本邸から持ち出し禁止だから」

「…………」

「わかってる？　自分が卑しい女の子どもだってこと。本来なら姉さんはパーシバル家の蔵書を手に取ることだって許されないんだよ？」

返して？　と手を出すキースに、アメリアは大人しく本を手渡した。

取り上げるように奪い取ったキースは、そのままアメリアの頭に本を振り下ろす。角がガツンと思い切り当たり、アメリアの瞼の裏に火花が散った。

「っ！」

「ねえ、姉さん。桃色睡蓮の球根を乾燥させるのに必要な期間はどうして三日なの？　四日じゃダメなの？」

「は……？」

「今日の学術発表会で質問されちゃった。姉さんのメモだと三日目が一番いいって書いてあったけど、もうちょっと詳しく書き込んでおいてもらえないと困るなあ」

「！」

　アメリアはハッとした。

作っている途中の新薬についてのレポートだ。

「キース、あなた、また私のレポートを盗んだの？」

「盗む？　この家の物はすべて僕のものだよ？　庭においてもらっている分際で生意気な態度をとるのはやめた方がいい」

「きゃっ！」

突き飛ばされたアメリアは転んだ。

ポケットに入っているセドリックをつぶさないように身体を捩じったせいで腰をぶつけてしまう。無様に転んだアメリアをキースが見下ろした。

「ああ、やだやだ。身の程知らずな人間って。姉さんなんか公爵家に嫁いだところで早々に離縁されるに決まっているんだから、せいぜいその時に備えて僕のために働きなよ」

「っ……」

「ちゃーんといい子にしていたら、出戻った時のためにあの小屋は壊さないでいてあげるからさ。ほら、わかったらさっさと犬小屋に帰れよっ」

アメリアは追い立てられるように書庫から締め出された。

「なんっっだ、あいつは――――――ッ!!」

アメリアの部屋に戻るなり、セドリックは机の上で地団太を踏みまくっていた。

ふかふかの毛は逆立ち、愛らしく丸まっていたしっぽは猫のようにぴんと直立している。

「リスって、怒るとそんなふうになるんですね」

「どうでもいいことに感心している場合か!?」

セドリックは怒り心頭といった様子で歩き回っている。

「キースめ……、あんな嫌な奴だとは知らなかった!」

礼儀正しい一面しか知らなかったセドリックは「騙された」と思っているのだろう。

セドリックはアメリアを指差して詰った。

「お前もお前だ。弟にやられっぱなしでいるなど情けない！　お前が文句を言わないから、キースを図に乗らせているのではないのか!?」

「仕方ありません。弟はまだ十三歳ですから、物事がうまくいかないと癇癪を起こすのでしょう」

キースはパーシバル家唯一の男子だ。

幼い頃から成績優秀でなんでもそつなくこなす弟が、決して天才ではないことをアメリアは知っている。周囲の期待に応えなくてはならないというプレッシャーもあるだろうし、当たり散らしやすいアメリアに矛先が向くのだろう。

そんなことより、とアメリアはペンをとる。

「本はキースに没収されてしまいましたので、早くメモしないと」

お喋りなんて後回しだ。

効果がありそうだと思った材料を書き出しておかないと忘れてしまう。

「ええと、薄荷水に漬け込んだシナモン、月光に三日さらしたサンザシ、乾燥させた牡丹とシャクヤクの花弁は赤色が望ましく……他の色ではダメなのでしょうかね？　えーっと、それから……」

「おいっ！　まだ俺の話は終わっていないぞ！」

「釜に入れる順番は……。ああ、そうだ。後でサンザシの薬も濃度を上げてみなくちゃ……」

「こんなのおかしい。おかしいぞ。なぜお前は平然としていられるんだ……！」

無心で手を動かすアメリアを見ながら、セドリックはぶつぶつと文句を言い続けていた。

（おかしいと言われても）

これがアメリアの五年も続く日常なのだ。

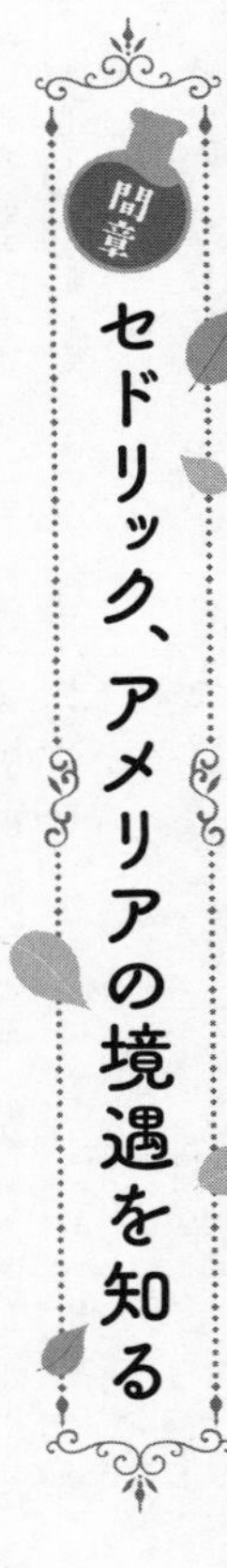

間章　セドリック、アメリアの境遇を知る

セドリックが十七歳の時に父が決めた婚約者——それがアメリアだった。

パーシバル伯爵には隠し子がいたらしい。市井で暮らしていたものの、母親が亡くなったために伯爵家に引き取られることになったそうだ。

継子や養子の話はさして珍しい話ではない。特筆すべきはその優秀さだった。

アカデミーに入学した彼女はめきめきと頭角を現し、成績は常にトップ、革新的な論文を次々に発表し、セドリックの父の目に留まった。「ぜひ、お宅の優秀なお嬢さんをうちの息子の嫁に」と縁談を持ち掛けたのだ。

パーシバル家は夫婦の子であるリンジーを娶って欲しかったらしいが、父はアメリアがいいと譲らなかった。リンジーの容姿は可愛らしいが、アカデミーでの成績は下から数えた方が早かったのだ。

（優秀なアメリアを俺の嫁に。つまり、父上は俺に期待してくださっているということだ）

ちょうどその時期、父は従兄のフレディを仕事の助手に指名していた。

親族や一部の貴族の間では「フレディを養子にするのでは？」などと噂され、まだ王宮医見習いとして働き出したばかりのセドリックは内心でじりじりとした気持ちを抱えていた。そんな中、父が直々に話を進めた縁談——拒絶するわけがない。

もとより、貴族として産まれたからには家のために結婚するのは半ば義務のようなものだ。どのような相手でもセドリックは役目として受け入れただろう。

だが、両家の顔合わせの時のアメリアときたら……。

「直接言葉を交わすのは初めてだな、よろしく。アメリア」

「……よろしくお願いします、セドリック様」

三年前。友好的に差し出したセドリックの手をアメリアは取らなかった。

宙ぶらりんになった手が恥ずかしかった。

パーシバル伯爵は慌てたように娘をたしなめ、セドリックと父に頭を下げた。

「も、申し訳ありません。アメリアは市井で暮らしていたせいで、礼儀がなっておらず……とんだご無礼を」

「いえ」

この場で怒り出すほどセドリックの器は小さくない。

父も同様の考えのようだった。

「私が強引に進めてしまった縁談ですから、アメリアさんにはまだ戸惑いが大きいのでしょう。それから、社交界の礼儀作法はわずらわしいかもしれませんが、貴女の身を守るためにも覚えた方が便利です。私もずっと仕事に没頭していたいのですが、あいにくそういう訳にもいきません。伯爵もそうではありませんか？」

「あ、ああ、そうですね。私もパーティーなどは未だに苦手で……」

「でしょう？　我々オジサンでもこうなのですから、気負わずに一緒に頑張りましょう」

父の言葉にアメリアの表情は僅かにほっとしたように見えた。

そう。礼儀作法など追々覚えていけば良い。

ぼさぼさの頭は侍女にきちんと整えさせればいいし、普段の服が野暮ったかろうと夜会や公務の時にちゃんとしていれば良いのだ。化粧っ気がないのはまだ十四歳だから。瞳は大きく、可愛らしい顔立ちをしているのだから、しっかりと化粧をしたら映えるだろう。

きちんと、ちゃんと、しっかりしたら……。

婚約者との顔合わせの席でやる気のない格好をしているのは公爵家を軽んじられているようで些かムッとしたが、自分の方が年上なのだから寛容にならなくてはと笑顔を保つ。

「アメリア、良きパートナーになれるように共に努力していこう。その才で我がセスティナ公爵家を支えて欲しい」

ここは「はい、セドリック様！」と潑溂と答える場面だろうに、アメリアははっきりと顔を曇(くも)らせた。

「……。どうぞ、よろしくお願いします」

無表情にちょこんと頭を下げて、それだけ。

(それだけ⁉)

まるで嫌々(いやいや)婚約したとでも言わんばかりの態度だった。

……もっとも、アメリアの才能を褒(ほ)めたつもりのセドリックの言葉が、彼女を傷つけていたなんて気付けなかった。この場に来る前のアメリアが、家族から「公爵家はアメリアの頭脳だけが欲しいのだろう」「そうじゃなければこんな陰気(いんき)な子と結婚したいだなんて思うはずないわ！」「セドリック様がかわいそう」などとさんざん嫌味(いやみ)を言われていたなんて、いったい誰(だれ)が想像できただろう。

後日、とあるお茶会でリンジーと会った。

アメリアは当然のように欠席だった。セドリックとは元々顔見知りだったリンジーは浮かない顔で話しかけてきた。

「セドリック様、お気を悪くしないで欲しいのですけど……。お姉さまはあまり結婚に乗り気ではないみたいなんです」

アメリアが乗り気でないことは顔合わせの時から感じていたため、別段驚(おどろ)くことはなかった。セドリックは苦笑しつつも鷹揚な態度で受け流す。

「アメリアにとっては戸惑うことも多いのだろう。いきなり婚約者だと言われて、すぐに受け入れられない気持ちもわかる。彼女の心を開けるように俺も努力していくつもりだ」

「セドリック様……」

リンジーは感じ入ったように口元に手を当てる。かと思えば、その瞳に大粒の涙が盛り上がった。

「なんてお優しいのでしょう……。うう、ぐすっ……」

「お、おい、どうしたんだリンジー!?」

突然泣き出したリンジーにセドリックは慌てた。

何事かと周囲の視線が集まり、急いで彼女をその場から連れ出す。

「どうしたんだ。急に泣き出すなんて……」

「……すみません。実は昨日、お姉さまにセドリック様との仲を尋ねたんです。そうしたら、『リンジーにセドリック様を譲ってあげたいわ』って。セドリック様がこんな風に思ってくださっていることも知らないで、お姉さまったらひどいですよね!」

感情が高ぶって泣いてしまったらしい。

しかし、アメリアはそこまで俺のことが気に入らなかったのか?

妹に婚約者を譲ろうとするくらいに?

セドリックの自尊心にヒビが入る。

「そればかりか、わたしたちとは口も利きたがらないんです。頭がいいお姉さまはわたしやキースのことを見下しているの。裏庭の隅に離れを建てさせて引きこもっていて、今日のお茶会にだって行きたくないと言うし……、あ、す、すみません！　わたしったら告げ口みたいなことをぺらぺらと……」

「……いや。確かに引きこもっているのは問題だな。セスティナ家に嫁いでくるとなれば社交は必須だし、会話は苦手だとしてもこういった会には出てもらわないといけない場面もでてくるだろう。俺の方からもそれとなくアメリアに伝えることにするよ」

「ええ……。あの、お姉さまのこと、嫌いにならないでくださいますか？　きっと、お話をするのが苦手なだけなんだと思うんです」

涙を拭いたリンジーは健気に笑っていた。

セドリックの目には偏屈な姉との関係に悩む妹にしか見えなかった。

セドリックは次に会った時にアメリアに注意した。「きみは俺のことが好きじゃないのかもしれないが、社交の場ではそれなりの態度でいて欲しい」と。

「それなりの態度、とは？」

アメリアはちょっとだけ首を傾けて尋ねてきた。

相変わらず無表情で淡々としている。年頃の娘らしい愛嬌の欠片もない。

「まずは場に相応しい格好をしてくることだ。こんな地味な色のドレスではなく、もっと華やかな色のドレスを着て、愛想良くにこにこしてみたらどうだ」

口数の少ないアメリアは暗く見えがちだ。それだけで周囲に壁を作り、損をしている。

貴族社会での処世術とでもいうべきセドリックのアドバイスに、アメリアは怪訝そうな顔をして頷いた。

「はあ、わかりました」

「……だから、その……、笑ってみろ」

アメリアの笑みに合わせて、「ほら、笑顔の方が可愛い」と言うつもりだったセドリックだが……。

「……こう、ですか？」

にごごり……。

唇を持ち上げたアメリアの顔は冷笑している人そのものだった。

「いや……、そうじゃない……！　なんだその顔は！」

「申し訳ありません」

「申し訳ないと思っていないだろう！　と、とにかく、今度の茶会にはきちんと顔を出すように。あと、先週の夜会を欠席した件についてだが……」

——こうして口うるさい婚約者セドリックと、それを煙たがるアメリアという図式が出来上がった。

アメリアは何度注意しても身なりを改めず、不愛想で、婚約者同伴のイベント事も平気で欠席した。その度にリンジーやキースが謝り、アメリアからは心のこもっていない謝罪を繰り返されるばかりだったから——だから、つい、セドリックもきつく当たるようになってしまったのだ。

今となっては本当に申し訳なく思っている。

知らなかったのだ。アメリアがこんな目に遭っていただなんて……。

カチャ、カチャ、と皿とカトラリーが触れ合う音が静かに響く。

アメリアが夕食をとっている様子を、セドリックは彼女の左肩のあたりでじっとしながら窺っていた。

夕食に同行すると言ったセドリックを隠すため、アメリアは普段着の上からショールを肩にかけている。白衣を着ていくと『仕事着で食事の席につくな』と叱られるらしい。リスが隠れられそうな装飾の多い服をアメリアが所持していなかったため、苦肉の策だ。

彼女の席はなぜか家族から離されている。

長テーブルの上座にパーシバル伯爵が座り、夫人と妹弟は向かい合わせに。

そこから二つも空席を作られた末席にアメリアはいた。なんという露骨な差別だ。

(だが、一応ちゃんとした食事を与えられているんだな。良かった)

意地悪をされてまともな食事にありつけていないのではないかという懸念もあったが、
ショールの隙間から肉や野菜などが見えたのでほっとする。

「ところで姉さん。どうして今日はショールなんか巻いているの？　珍しいね」

キースの口調は姉を気遣う弟そのものだ。

何も知らなければ言葉通りに受け取っただろう。

だがしかし、こいつはついさっき書庫でアメリアに暴力を振るったのだ。

(よくも平然としていられるな！)

腸が煮えくり返りそうだ。

「少し、寒気がするの」

アメリアはいつも通り、淡々とした声音で返している。

「ふーん。風邪？」

「やだぁ、うつさないでくれる？　具合が悪いなら大人しく引きこもっていてよ」

リンジーは辛辣な口ぶりだ。

（リンジーめ、なにが『お姉さまはわたしたちとは口も利きたがらなくって……』だ。こんな態度をとられたら喋りたくもなくなるだろうが！）

そしてパーシバル夫人はアメリアの部屋に乗り込んできた時とは違い、優しげな声を出して子どもたちに話しかけている。

「リンジー、キース。あなたたちのお部屋のカーテンを新調しようと思うのだけれど、何色がいいかしら？」

「僕はお父さまの部屋のものと同じがいいです。紺の地に、金の刺繍の……」

「あらまあ、キースったら。あれは特注品よ。あれは確か、わたくしが嫁いだ年に作ってもらった品でしたわよね。アナタ？」

「ああ」

「ふふっ、キースの部屋にはまだ大人っぽすぎるのではなくて？」

「そんなことないよ。リンジー姉さんはいつまでも僕を子ども扱いするんだから……」

楽しげな家族の会話にアメリアだけが加えてもらえない。

アメリアの表情は窺えないが、呼吸が乱れた様子も、身じろぐ様子もなかった。彼女がこの状況に慣れていることを察する。

（こいつら全員どうかしている！）

いい年をした大人が揃いも揃って恥ずかしくないのか。

特に伯爵！　お前にとっては血を分けた娘だろう！

セドリックは自分が邪険にされているわけでもないのに居心地が悪かった。

（アメリアはいつもこんな扱いを受けていたんだな……）

キースやリンジーはアメリアが家族から距離を置いているようなことを言っていたが、まるで正反対の暮らしだ。理不尽な扱い、暴力、……アメリアがいつも暗い表情で言葉少なだったのも納得した。

なぜ俺に相談しなかったのかと思ったが、言えるはずもない。

がみがみと口うるさい婚約者に相談する気にはなれなかっただろうし、リンジーやキースからアメリアの悪い話ばかり聞いていたセドリックは明らかに冷たい態度をとっていた。

もっと彼女のことを知ろうと努力していればと思うと不甲斐ない。

食事を終えたアメリアは手を付けずにいたパンをナフキンで包みだした。デザートに出されていた皮付きのブドウの皿も手に取る。

「すみません、こちら、夜食用にいただいていきますね」

家族からの返事はない。

無視され慣れているらしいアメリアはそのまま立ち上がった。

（ようやく帰れる）

最初にアメリアの離れを見た時は「こんな粗末な小屋に住むなんて……」と思ったもの

だが、今では安住の地のように思えてきていた。さっさとこの気づまりな部屋から出たい。

しかし、退席しようとしたところをパーシバル夫人に呼び止められた。

「待ちなさい。あなた、まさかペットに餌やりをしているんじゃないでしょうね？」

「！」

セドリックはぎくりとした。間違いなくリスである自分のことだ。

ペット？　とリンジーとキースが興味津々な声を上げる。

「お母さま、ペットって何のことですの？」

「アメリアは汚らしいリスを拾って飼っているのよ。薬品に毛でも落ちたらどうする気なのかしら」

「あはっ、友達がいないから動物を飼い始めたの？　みじめねぇ」

「ああ、そういうことですか。書庫で会った時にぶつくさ喋っていると思ったら、もしかしてポケットにでも入れて連れ回していたんですか？」

まずい。

セドリックは身を固くした。

アメリアにひどい仕打ちをするような奴らだ。彼女を傷つけるためにペットのリスを利用してやろうと考えているのかもしれない。ここで見つかったら何をされるかわかったものではなかった。

「申し訳ありません。すぐに捨ててまいります」

やはりアメリアは冷静だった。感情を殺したような声で話す。

波風を立てないようにするのは心得ているかのようだった。だが……。

「あら！　捨てろと言ったのにまだ飼っていたの⁉」

「あ……。申し訳ありません」

珍しく失言したアメリアにキースが優しく声を掛ける。

「やだなあ、母さま。姉さんのお友達なんですから、すぐに追い出してはかわいそうですよ」

「わたしもリスちゃんが見たいわ。お姉さま、ここに連れていらしてよ」

「……すぐに追い出します」

失礼します、と頭を下げたアメリアが足早に退席しようとすると、控えていたメイドに阻まれるように腕を摑まれた。顎をしゃくったキースの指示だった。

セドリックは咄嗟にしがみついて落下は免れたが、弾みでアメリアの手にしていた皿からはブドウが落ちた。房から外れて散らばったブドウの実は転がり、その実の一つはリンジーの足元に止まる。

「そのリスちゃん、追い出すのなら餌を持っていく必要はないんじゃなーい？」

ぐちゃっ。

ブドウの実がリンジーのヒールに踏みつぶされる。まるでセドリック自身が踏みつぶされたかのような気持ちになった。

「……これはリスの餌ではなく、私の夜食です」

「あら、そうだったっけ？　あははっ、ごめんなさーい」

ヒールを脱いだリンジーはアメリアの方へと足で蹴とばした。

「お姉さまの餌を踏んだせいで靴が汚れちゃった。責任を持って洗っておいてくれる？」

（この性悪女！）

セドリックは激高したが、アメリアは放り出された靴を素直に拾った。

「……わかりました。洗って乾かしておきます」

（なぜ引き受けてしまうんだ！　断れ！）

セドリックの心の声がアメリアに聞こえるはずもなく、一人と一匹はダイニングルームを出る。セドリックの苛立ちを察したアメリアは静かに話しかけてきた。

「あのー、やはり我が家から出て行かれた方がよろしいかと思うのですが」

「………」

「ここにいてもろくな目に遭いませんよ。家族に見つかったら何をされるかわかったものではありません」

アメリアの言葉をセドリックはショールの中でじっと聞いていた。

「セスティナ公爵には私から事情を説明しましょう。解毒剤が完成したら持っていきますので、公爵邸で待たれた方がいいですよ」

セドリックはすぐに返事ができなかった。

こんな状況で暮らしているアメリアのことを知ってしまった以上、自分だけ安全な場所に帰ってぬくぬくと暮らすのもどうかと思う。

彼女を家族の危害から守ってやりたい。

しかし、今のセドリックは小さなリスなのだ。キースたちがペットのリスにひどいことをしてアメリアの心を傷つけてやろうと考えていてもおかしくはない。

このまま居ついてアメリアの手を煩わせるよりも、屋敷で大人しく待っていた方が迷惑にならないのでは……。

「……考えさせてくれ」

「ええ、そうしてください」

ほっとしたようなアメリアの声。やはり、ここにいるのは迷惑なのだろうか？

「アメリア、今日の予定は？」

リスになって三日目の朝。

結局公爵家に帰るか否かの結論は出せないまま、セドリックはビスケットの朝食を齧りながら表情に乏しい婚約者の顔を見た。

「今日ですか？　今から少し調薬をして、その後で町に出かけます。お義母さまがお茶会に出かける日なので、いないうちに所用を済ませておきたくて」

「そうか」

「……あー、えっと、解毒剤でしたらもう少し待っていただけます？　昨日見た文献だと、材料の下処理に時間がかかりそうですし、在庫も……」

どうやらセドリックが早く解毒剤を作れと急かしていると思ったらしい。

「いや、予定があるならいいんだ。俺も出かける」

「あ、そうなんですか。お気を付けて」

「……ああ」

こちらに興味がなさそうなアメリアの態度にももう慣れた。

「……そうだ。出かけるならこちらをどうぞ。サンザシの薬の濃度を少し上げてみたので、喋っていられる時間が伸びるはずですよ」

「！　た、助かる……、ありがとう」

「いえ」

にこりともしないアメリアは、仕事をするためかそのまま机に向かった。

セドリックがいてもいなくても、彼女の生活のペースはなんら変わらない。

(やはり俺は出て行った方が……)

薬を舐めたセドリックはアメリアの邪魔にならないようにそっと部屋を出た。そして気を取り直す。小さな身体になってしまったセドリックにとっては、ちょっとした外出でも大冒険並みの危険が伴うのだ。

樹木伝いに伯爵家の外へ出ると、さっそく頭上をカラスが飛んでいった。

(危ない！　捕まるところだった！)

大急ぎで裏通りに入れば野良猫が目を光らせている。

(こ、この道はダメだ！　猫どもに襲われる！)

人の多い大通りに出ると、馬車が轟音を立てて走っていった。

(あんなのに轢かれたらひとたまりもないぞ……)

――目的地に着く頃には毛並みは乱れに乱れていた。

「はあ、はあ、……やっと着いた……」

ここは王都の外れにある小さな教会だ。年老いたシスターと神父、そして、併設されている孤児院には十人ほどの子どもたちが暮らしている。

どこから入ろうかとうろうろしていると、子どもたちの大声が耳に飛び込んできた。

「ねえ、シスター！　今日、リ、ュ、ー、ク先生が来るんじゃなかったの⁉」

ぎく、とセドリックは身を竦ませてしまう。

「いつも午前中に来るのに、今日はもう昼だぜ⁉」

「あたしたち、町まで探しに行ったほうがいいかなぁ？」

外の壁に張り付きながら、セドリックは一人、あたふたと焦った。

（やめろ。町を探されたら『リューク先生』などいないとバレてしまうじゃないか……！）

リュークというのはセドリックの偽名だ。

医者を探していた子どもたちに出会ったのは三年前――その時、セドリックはお忍びで城下町に来ていたため、簡素な格好だった。

とりあえず「町医者だ」と名乗り、彼らに案内されてこの教会に来たのがはじまり。

今さら公爵家の人間だと名乗るのも面映ゆく、町医者リュークとして月に一度程度の診療に来ていた。もしかしたら神父やシスター辺りはリューク先生の素性に薄々気付いているかもしれないが、何も言わずにいてくれている。

「ダメよ。マルコ、エマ。リューク先生はお忙しくて今日は来られないのかもしれないわ」

シスターが止めに入ると、しっかり者のエマは口を尖らせた。

「でも……、アンジェラがお熱を出しているのに……」

「お薬を飲ませて様子を見ましょう。さ、二人とも、綺麗な水を汲んできてちょうだいな。アンジェラのために冷たいタオルを作ってあげてね」

「はあい、シスター」

ぱたぱたと子どもたちは去っていく。

(アンジェラはまた熱を出したのか。ここ最近は落ち着いていたのに……)

セドリックは開いている窓まで登り、室内へと入った。

シスターの姿を探すと診察室代わりに使っている南の部屋にいた。薬棚の鍵を開けている。

「ええと、熱冷ましの薬。熱冷ましの薬……っと。良かった、まだあったわ」

取り出した瓶を見て、ほっとする。

瓶のくびれ部分にひもで結ばれた黒猫型に切り抜かれた紙。『黒猫印』の熱冷ましの薬だ。良かった。あれを飲めばアンジェラも楽に眠れるに違いない。

(在庫……。思ったよりも減っているな)

消費が多いのか、それとも薬師はしばらく来ていないのだろうか。

セドリックが偽名で往診に来ているのと同様に、ここには謎の薬師も出入りしていた。

独学の民間療法で作っているらしい薬師の薬はとてもよく効く。一度会ってみたいと思うのだが、シスターの「古い知り合い」で「とても恥ずかしがりや」の性格だからと断られていた。瓶のラベルに黒猫のマークが使われているから、セドリックも子どもたちも「黒猫先生」と呼んでいる。

（シスターの古い知り合いということは高齢なのかもしれないな。もしも薬が届かなくなったらセスティナ家から薬を持っていけばいいだけなんだが……）

　パーシバル家から買っている薬がある。

　しかし、パーシバル家の薬はとても高価だ。一目で上等なものだとわかる美しいガラス瓶に家紋入りのラベルが付けられている。ただの町医者（と名乗っている）リューク先生が高い薬を持っていったら、孤児院の子どもたちがびっくりしてしまうかもしれない。

（それに、なぜか黒猫印の薬の方が効きがいいんだよな）

　セドリックは心優しき薬師に敬意を表し、往診の度に薬代を置いていっていた。薬箱の隣に代金を入れた小さな封筒とメモ書きを一枚挟んでおくのだ。

　棚によじ登って確認すると、先月置いておいた封筒はなくなっていた。

『私のために作ってくれたという栄養剤、とてもよく効きました。
ありがとうございます。　リューク』

セドリックが流麗な字で書いたメモの下に、丸っこい文字で書かれた返事と黒猫のマークが描いてある。

『リューク先生、こちらこそいつもありがとうございます。いただいた代金で孤児院の畑に野菜を植えてもらいました。』

「……本当に謙虚な人だな」

黒猫先生は基本的に代金を受け取りたがらない。『薬代として用立ててください』『いただけません、遠慮します』というやりとりを数か月に渡って筆記で続けたのち、ようやく受け取ってくれるようになったのだ。

それも、リュークへの差し入れや孤児院への寄付にしてしまっているのだから、どれだけ無欲な人なんだろう。

今月の薬代が渡せないことを気に病んでしまう。

それに、今後、セドリックが元の姿に戻れなかったらどうなってしまうのだろうか。いきなり往診に来なくなったら、子どもたちや黒猫先生はがっかりするのではないか。

(だが今は仕方ない。アンジェラの様子だけは見て帰るか……)

こっそりシスターの後をつけてアンジェラの部屋に行く。

真っ赤な顔をしてふうふうと息を荒げていた彼女に、シスターは匙を使って薬を飲ませていた。

「さあ、アンジェラ。口を開けて。黒猫先生のお薬よ」

「ん、んう……。にがーい……」

「だいじょうぶだよ、アンジェラおねえちゃん。黒猫先生のお薬はよく効くよ」

「うん」

心配そうに付き添う年少の子どもたちを安心させるようにアンジェラは微笑む。

「すぐ下がるといいなあ……。リューク先生ともお喋りしたかった……」

「ふふ。アンジェラは本当にリューク先生が好きねえ」

「ロシェもリューク先生が好き～。だってリューク先生は優しいもん」

「えーっ、そうかなぁ。リューク先生、いっつも『お前らは俺の実験台だ』って言うじゃん。『学会で発表するためのしょうれい稼ぎだ』って」

男の子が口を尖らせるとアンジェラは失笑した。

「ジンはほんと馬鹿。そんなの照れ隠しに決まってるでしょ。往診代も貰えないのにこんなところに来てくれるなんて、優しくなかったらできないよ」

「えーっ、そっかぁ……。そうだったのかぁ……」

「そうだよ！　すっごく優しくて……かっこよくて……」

「あれ～～？　アンジェラおねえちゃん、お顔が真っ赤～～～」

「ね、熱があるからよっ！」

シスターはにこにことそのやりとりを見守っている。

知らぬところで少女の初恋相手になってしまっていたらしい。いたたまれなくなったセドリックはこっそりその場から逃亡した。

(一度関わった子たちを放っておけずにずるずると往診を続けてしまっていたが……、やはり今後も時間が許す限りは気にかけてやりたいな)

王宮での仕事は、やはり『セスティナ公爵家の息子』という重圧もある。

身分を隠しての子どもたちとの交流はセドリックにとって憩いの場でもあった。

(気にかけて……やりたいが……。そもそも俺は元の姿に戻れるのか)

しょんぼりと尻尾を落としたセドリックは教会を出る。

とぼとぼと歩き出すと背後から声を掛けられた。

「……セドリック様？」

見知った声に飛び上がるほど驚いた。アメリアだった。

「アアア、アメリア⁉　なぜお前がここにっ⁉」

「……？　何をそんなに慌てていらっしゃるのかわかりませんが、私は用事があって城下町の方にいたんです」

そういえば所用があって出かけると言っていたなと思い出した。慌てて取り繕う。

「そ、そうか。用があると言っていたもんな」

「セドリック様こそ、こんなところで何を？」

「んっ⁉　お、俺は……」

教会にいる孤児たちの様子が心配で見に来たんだ。

——と、素直に言えばいいと頭ではわかっているのに、日頃、こんなところで子どもたちと交流しているのだと知られるのはなんだか恥ずかしかった。特に、アメリアの前ではツンケンしていた身だ。

「べ、べつに、お前には関係ないだろう⁉」

「あ、そうですか」

会話終了。

アメリアはセドリックの動向にはまったく興味なさそうに返事をした。

ほっとしたような、残念なような複雑な気持ちのセドリックに「乗りますか？」と籐のバスケットを差し出される。ピクニックにでも行くようなバスケットには既に荷物が入っており、中身が丸見えにならないようにリネンのクロスがかけられていた。

「ああ、あ……ありがとう……」

荷物がごつごつとしていて座り心地は悪いが、リスの足で帰るよりもずいぶん楽だ。アメリアは城下町で買い物でもしてきたのだろうか。

「パーシバル家に帰るところだったのか？」

「はい、そうです。あ……、ソレル」

歩きながらもアメリアは日陰に生えている草を引っこ抜いた。

「ソレル？」

「搾り汁から湿布薬が作れるんですよ」

「遠目からなのによくわかったな。あ、あれもそうじゃないか？」

アメリアが持っている薬草にこれといった目立った特徴はなく、強いて言うなら小さな赤い花らしきものが穂状についている。

セドリックが示したものにアメリアは首を振った。

「あれはだめです。質がよくありません」

「そ、そうか。……見ただけでわかるものなのか？」

実が大きいとか茎が太いだとか、パッと見てわかるような特徴もないのにどうしてわかるのだろう。純粋に疑問に思って聞くと、アメリアは口ごもった。

「勘……、のようなものです」

「勘？」

「……えっと、わかるんです。なんとなく」

「そういうものなのか？　ああ、でも、父も患者が主訴として訴えていないような隠れた病を見抜くことはあるな。医者としての勘だと言っていたが、長年の経験というものなんだろうな」

「そ、そう、です。そんな感じです」

なぜかアメリアは目を泳がせつつ、勢い込んで同意した。いつも冷静沈着なアメリアにしては珍しい反応だった。

（何をそんなに慌てているんだ？　もしや、秘密にしておきたい『薬草見分けテクニック』でもあるのか？　俺は同業者じゃないから、教えられても活用する場はないんだが……）

ともあれ、会話が続いたことを嬉しく思った。得意分野のことになるとアメリアの口数も増えるようだ。

その後も、見つけた薬草を摘むアメリアに付き合いつつ、二人は帰路についた。

「あ、そうだ。良かったらこれ、どうぞ」

離れに入ると、思い出したかのように小袋を差し出された。

「これは？」

「さっき街で買ってきたんです。さすがにビスケットばかりじゃ飽きますよね」

袋の中にはクルミやアーモンドといったナッツ類が一掴み分入っている。

わざわざセドリックのために買ってくれたらしい。

以前なら「リス扱いするな！」と怒ったかもしれないが、アメリアの現状を知った今となってはもはやそんな文句など出てこなかった。

「すまない……。ありがとう……」

「セドリック様が大人しいと変な感じですね」

しおらしい態度に苦笑したアメリアは夕食を食べに出て行った。またあの気づまりな食事の席に行かせてしまうと思うと不憫で仕方がない。

「アメリア……」

床に下りたセドリックはうろうろと歩き回る。

公爵家に帰るべきか、この家に残るべきか。

ふと、ベッド下に視線を向けると、何かがくしゃくしゃになって押し込められていた。

アメリアの質素な部屋に似つかわしくない薄桃色のレースの塊だ。苦労して引っ張り出すと、それはセドリックがアメリアに贈ったドレスだった。

「人の贈り物をくしゃくしゃにしてベッド下に入れるとは……」

怒りかけたが、布地をよく見るとあちこちにおかしな繕い痕があった。ドレスは、ハサミか何かでびりびりに破かれていたのである。

「ひどいな」

一生懸命な繕い痕は、何層もレースが重なった切り替え部分で断念されていた。おそらく妹弟か継母にやられ、直しようがないと判断して諦めたのだろう。

（だから、夜会の時にこのドレスを着てこなかったのか）

そんなアメリアに対してセドリックがしたことといえば、ドレスを着てこなかったことを詰り、みっともないから帰れと追い返し、アメリアの話を聞こうともしなかった……。

（俺は、本当にアメリアのことを何も見ていなかったんだな）

後悔と反省、そして――今からでも遅くはない。アメリアのためにできることがあるのならしてやりたいと思った。

ここに残ろう。

迷惑かもしれないが、アメリアの側で、彼女のことを少しでも知っていきたい。

そして、元の姿に戻れたら……。

（一刻も早く、こんな家から出してやる！）

それがセドリックがアメリアのためにできる罪滅ぼしだ。決意を新たにしたセドリックは小さな拳を握った。

二章　リスと始める共同生活

アメリアの朝は早い。

いつ継母が雑用を持ってきてもいいように起きてすぐに身支度を整える。

これまでは誰の目も気にすることなく着替えていたのだが——今は部屋にセドリックがいる。机の下に隠すように置いたセドリックの寝床が動いていないことを確認し、気を遣って音を立てないように静かに着替え始めた。余裕があれば大きなタライに湯を入れて身体を洗うこともあるのだが……。

（セドリック様がいるし、無理よね）

仕方がないと諦めたアメリアは、サッと身体を拭き清めるにとどめた。

そして朝食の準備をする。

普段ならビスケットと紅茶で終わらせるのだが、ここでもセドリックに気を遣って木苺のジャムなどを出してみた。昨日買ってきたナッツも添える。

（公爵家の嫡男を栄養失調にさせたらと思うと恐ろしい）

昨夜、「俺はここで薬ができるのを待つことにする！」と宣言された。

よっぽど公爵家に帰りたくないのか、はたまたアメリアがきちんと薬を作るかどうか不安で見届けたいのか……。

――生活リズムを乱されているアメリアは早くも面倒くささを感じていた。

いくら見た目が可愛らしいリスだからといって、ペットを飼うのとは訳が違う。下着一枚でうろうろすることもできやしないじゃないか。

「キュウ……」

「あ、おはようございます。セドリック様」

起き上がったセドリックは机に登り、サンザシの薬を舐めた。

「おはよう。アメリア」

「朝食の準備ができていますのでどうぞ」

「ああ……、あ、ありがとう」

一緒に暮らすようになってセドリックはずいぶん丸くなった。

謝ったり、礼を言ってきたり……、小動物化したことによって気持ちも弱くなってしまったのだろうか。

割っておいたビスケットを掴んだリスは、皿に出してやったジャムにちょんちょんとつけて頬張っている。うつむき加減にはむはむはむ、もぐもぐもぐと……。

（可愛い……）

ほのぼのとした光景に和みそうになった。

ついさっきまで世話をするのが面倒くさいと思っていたのに、クルミ入りのビスケットでも焼いてあげたら喜ぶかな、などと考えてしまう。これがペットを飼う醍醐味だろうか。

（……いやいや、相手は人間だし。ペットじゃないんだってば……）

「む？　なんだ、さっきからじろじろと」

視線を感じたらしいセドリックが顔を上げる。

口元にビスケットの欠片が付いていた。

常に完璧で、マナー講座の手本のように食事をとっていたセドリックが……、んんっと咳払いをして笑いを誤魔化したアメリアは真面目な顔を作った。

「いえ、なんでも……。あの、今日は薬の材料を探しに郊外に出るつもりですが、一緒に来ますか？」

セドリックはぴくりと反応する。

「薬の材料……、俺の解毒剤用か？」

「もちろん解毒剤に必要な材料もありますが、パーシバル家で使う野生の薬草もそろそろ採りに行かないといけないので」

「お前一人で行くのか？」

「ええ。リンジーやキースはあまりやりたがりませんから」

「わかった。俺も一緒に行く。馬車や護衛は……、いるわけがないよな」

アメリアと一緒なんて嫌がるかと思ったが、驚くことにセドリックは了承した。

「では、食事を終えたら行きましょう」

大量に摘んでくるつもりでいたので、アメリアは外出に使っているバスケットの中身を空にした。

昨日、町で買ったばかりの小麦粉を出し。

おやつにしている、こんぺいとうの小瓶を出し。

ずっと入れっぱなしになっていたハンカチとちり紙も出して。

それから、教会から引き取ってきた黒猫印の薬瓶――

「な!?」

カラーン！　と音を立てて皿にビスケットを落としたセドリックが固まっていた。

「お、お前、その、瓶……っ」

「瓶？」

「ど、どこでそれを手に入れたんだ」

セドリックの視線はアメリアの持っている薬瓶だ。安く買った瓶のくびれ部分に、黒猫の形に切った紙をラベルのように紐で結び付けている。

「手に入れたも何も、これは私が個人的な用で使っている瓶です」

パーシバル家の品物として納品する薬は家紋入りの容器に詰めているが、これはアメリアが勝手に売っている薬の瓶だ。魔女の家系であることを皮肉り、黒猫のマークを付けているのだが、なかなか可愛いのではないかと自分では思っている。

なぜか瓶を見たセドリックはあたふたと慌てていた。

「個人的な用でとはいったい……」

「街に行った時に薬を売っているんです。お店に卸したり、知り合いの方にお分けしたり、ですね」

「た、たとえば、……教会……とか？」

「ええ。昔、お世話になったことがあるので」

「世話に？ ど、どういう経緯でっ」

セドリックはやけに食いついてくる。

別に隠すようなことは何もないのだが、アメリアはちょっぴりためらった。

話していてそんなに楽しい内容ではない。

「私が市井で暮らしていたのはご存じですよね？ 母と二人で暮らしていたので、まあ、その……困窮していた時期もあったんです。そんな時に、食事をいただいたりしたことがあったんですよ」

「そうだったのか。そんな縁で……」

「ですので、代金の代わりとして薬を作ってお渡ししていたんです。薬草を採ってきて煮るだけなら原価もかかりませんし……。それが、今も続いている状態ですね」

「ん？　ということは、パーシバル家に来る前からお前は薬が作れたのか？」

……しまった。

昨日の薬草の見分け方に引き続き、また余計なことを言ってしまった。

「え、ええ、まあ、独学のようなものですが」

「独学でできることではないだろう。天賦の才のようなものか？」

「あー、そうです。私、昔から勘はいいんです」

「なるほど。質の良い薬草を的確に見分ける才といい、お前はパーシバル家の血を色濃く引いているんだな」

感心したようなセドリックに曖昧に頷いておいた。

セドリックは「なるほど。それなら、俺が――に行き出す前に『先生』がいたことの説明がつくな。古い知り合いだと言っていたし」と何やらぶつぶつ呟いている。

これ幸いにとアメリアは立ち上がった。

「私、水筒に入れる水を汲んできますので、セドリック様はゆっくり食べていてくださいね」

手にした水瓶にはまだ少し水が残っているが、理由をつけて会話を切り上げた。

セドリックは自分が医者の子だから、同じように薬師の子であるアメリアが幼い頃から才能を発揮しても不思議ではないと思ったのだろう。

きっと彼は幼い頃から、「優秀だ」「さすがセスティナ家の子」とちやほやされて育ったに違いない。しかし、それは生まれながらにして良質な知識を学べる環境と先達者がいたからであって――市井で貧乏暮らしをしていたアメリアに薬学のセンスがあるなんて、よく考えたら変なことなのだ。

（別にいいんだけどね。聞かれたら正直に答えたって。だってこんな話、誰に言っても信じてもらえないと思うし……）

薬草の見分け方も薬の作り方も、ある人に教えてもらったこと。

彼女との話はあまりにも不可思議すぎて、誰にも言えていないだけだ。

下町の、今にも崩れそうなボロ屋がアメリアの生まれ育った家だった。

父親は「いない」家庭だった。

下町では珍しいことではない。アメリアも父がいないことについてはなんの疑問も持たなかった。死別にせよ離別にせよ、いないものはいないのだ。

父親のことについてあれこれ考えるよりも、日々の生活費を捻出することの方が大切だ。幼いアメリアも、ドブさらいや草むしりなどで賃金を稼ぎ、家計を支えていた。

「アメリア、先に寝ていなさい」

テーブルにランプをつけ、咳込みつつ内職をする母の背中を見ながら、八歳だったアメリアはベッドに潜り込んで考えたものだ。

（こんな生活が続けば、お母さまは倒れてしまうわ）

母はアメリアを身籠ったことで実家を勘当されたらしく、頼れる人はいない。そして、身体が弱く、臥せりがちでもあった。

医者にかかるお金なんてないし、薬は高価で気軽に買えるものではない。

（薬……）

うつらうつらとしながら考える。

四軒先のグレッグ婆さんは、自家製の蜂蜜ニンニクを漬けていたっけ。

（『これさえ食べていれば医者いらず』って言っていたけど、それって本当かな？　家中がすごいニオイになりそう。でも、効果があるなら頂戴って頼んでみようかなあ。お母さまのためにも……）

お医者さんがくれる薬じゃなくてもいい。

（そういう簡単なお薬って、自分で作れないのかな）

『――作れるぞ？』

突如、自分の眼前に逆さづりになった女性が現れて大声を上げた。

『ぎゃああああ⁉』

腰を抜かして後ずさる。

しまった、夜にこんな大声を出すなんて近所迷惑になる――慌てて口を塞いだが、ベッドに横たわったはずのアメリアが立っていること自体おかしな話だった。そもそも、目を閉じたはずなのに、なぜ私は起きているんだろう。

『えっ⁉』

眠っていたはずのベッドはない。

何もない真っ白な空間にアメリアは立っていた。

『こ、ここ、どこ⁉』

『強いて言うなら、そなたの夢の中じゃな』

『夢……？』

宙づりの女性はいつの間にか転んだアメリアの側にしゃがみこんでいた。

アメリアと同じ、ダークブラウンの髪に鳶色の瞳を持った女性だ。

年は……二十代後半だろうか。若くて潑溂としているが、どことなく得体が知れない。

『わらわはエリーザベト・F・パーシバル。エリザと呼んでくれ』

『はあ、あの、アメリアです……?』

自分の夢の登場人物に対して名乗りは必要だろうかと思ったが名乗った。

エリザと名乗った女性はアメリアのおでこをツン、と突いた。

『わらわの血を継ぐ子。まだ目覚めないの?』

『え……?』

『薬の作り方、知りたいのだろう？　教えてやろうか?』

『え？　お、教えてくれるの?』

でも、薬って作るのが難しいんじゃ……。

戸惑うアメリアをよそに、エリザの手には乳鉢や薬瓶などが握られていた。

（いつの間に?）

『ほれ。なんの薬の作り方が知りたい?』

『え、お、お母さまが元気になるような薬……?』

『「元気になる薬」か。それなら、フェンネルにホーステールが良かろう。摘んでおいで』

『摘むって、どこで……』

アメリアが振り返ると、真っ白だった空間は薬草園に様変わりしていた。

ちょろちょろと小川が流れ、木々は生い茂り、そこかしこでハーブが咲いている。穏やかで美しい楽園のようだ。

『……夢ってすごい』

『ほっほ～。すごいじゃろ、すごいじゃろ？　そなたなら、必要なものが何か、わかるはず』

エリザの言う通り、アメリアの目は正しくフェンネルとホーステールを見分けられた。サラダに使うフェンネルも、野に咲くホーステールも見たことのあるものだが、目が吸い寄せられるように材料を捕らえたのだ。フェンネルは疲労回復に効く。ホーステールは消化を助ける。まるで、既に知っていることのように効能まで頭の中に浮かんだ。

アメリアが摘んだ材料をエリザは素早く刻んで乳鉢に放り込む。

『こうして刻んだ後、ごりごりごり～っと。で、汁を絞ってぱっぱっぱ。沸かした湯に入れて～』

『え、待って待って、もっとゆっくり』

『大丈夫大丈夫、やればできる』

豪快に笑ったエリザは上機嫌に歌い出す。

『煮込めや煮込め、魔女の秘薬。マグワート、アトルラーゼ、スチューン、ウァイブラード、カミツレ、スティゼ、ウェルグル、フェンネル、タイム……』

『なにそれ？』

『「九つの薬草の呪文」知らんのか？』

『知らない』

『ふーむ。ああ、もうよいぞ』

エリザは煮込んだ薬草の上澄みを掬った。

『これで一番簡単な滋養強壮剤の完成じゃな。ま、この時代でも効果はあるじゃろ』

『この時代？』

ふわっと宙に浮かぶ感覚がした。

気付けばアメリアの身体は浮いている。

『え？　ええっ⁉』

エリザや釜の中身はそのままなのに、アメリアだけが風に舞い上がる木の葉のように逆さづりになっている。

（飛んでいってしまう！）

ジタバタするアメリアの手をエリザが摑んだ。

エリザは左頰にきゅっとえくぼを刻んで笑う。

『そなたに魔女の祝福を与えよう。もしもアレを見つけたら正しく使えよ？』

『アレって何⁉』

『よいか？　呪文は——』

耳元で囁かれた。アルス・サノ・マグナ。訳がわからない。それは何の呪文で、見つけるとはなんの話なのか。

『あっ！』

エリザに手を離されたアメリアは空へと舞い上がった。

手を伸ばしてももう彼女には届かない。

薬草園もエリザの姿も遠ざかり、真っ白になって消えていく。

自分はいったいどうなってしまうのか——ぞぉっとして、不格好な体勢で暴れて、そして落ちた。ゴツンと頭をぶつけたのは固い床だった。

「痛ぁ……」

「……おはよう、アメリア。怖い夢でも見たの？　うなされていたわよ」

顔色の悪い母が、精一杯の空元気を出して朝食の準備をしてくれていた。皿の上には固い黒パンとジャム、それから、サラダ代わりのフェンネルの葉……。

「ちょっと待って！　そのフェンネル、食べないで！」

アメリアは家を飛び出した。

ホーステールはすぐ見つかった。朝露に濡れた葉がアメリアの目にはきらきらと輝いて見えたのだ。

（さっきのは夢じゃなかったの⁉）

――結果として、不格好ながら薬は作れた。

「アメリア、いったいどうしたの？」

急に薬を作り出した娘の姿に、母は大いに驚き、そして不審そうに尋ねた。「誰かに教わったの？」と。

「ううん。その、……夢で見たのよ」

「夢で？」

「うん」

「本当に？　誰かから教わったんじゃないの？　誰か――男の人、とか」

「え？　女の人だったよ？」

首を傾げたアメリアに、母はどこか落胆したように「そう」と短く呟いた。

「嘘じゃないよ。本当だよ？」

アメリアは慌てて言い繕ったが、言えば言うほど自分がおかしなことを言っているような気がしてならなかった。

（夢で見たって言っても信じてもらえないよね。変な子だと思われたら嫌だし、あんまり人に言わないでおこう）

そしてそれきり、エリザの夢は見ていない。

伯爵家を出たアメリアは、予定通りに王都郊外に向かった。

一時間半ほど歩いたところにある沢だ。

街道から逸れたこの場所は天然の薬草園のようになっており、町医者や行商人、市井の者たちも時折摘みにやってくる。

数日前に降った雨の影響で程よく湿った地面に下りたアメリアはさっそく薬草摘みに取り掛かった。年季が入った革のブーツで歩き回る。

大きな石の上に移動したセドリックはその様子を珍しそうに見ていた。

「それはなんだ？」

「ポプラです」

「ふうん、丸い葉の方は摘まなくていいのか？」

「ええ。ポプラは若芽を使います。すりつぶして蜜蝋とオイルで練ると火傷の薬になりますよ」

せっせと薬草を摘むアメリアの手つきには迷いがない。

「そういう一般的な薬も作れるんだな。俺はてっきり、お前は新薬開発の研究ばかりしていると思っていた」

「在学中の論文や学会発表なんかもそれがメインでしたしね」

雑用まがいの仕事や、町で薬を売っていることなど知らなかったセドリックは、アメリアを単なる研究馬鹿だと思っていたらしい。

「……聞いてもいいか？」

「どうぞ？」

「お前の母上のことなんだが……、病で亡(な)くなったんだよな？」

セドリックは言いにくそうに小さなお手手を動かしている。

「ええ。そうですよ。流行(はや)り病でした」

「お前の論文は何度か読んだことがある。研究している薬のほとんどは特効薬ばかりだな。つまり……」

流行り病は初期に適切な薬を服用すれば助かることが多い。

整った環境で医者の治療(ちりょう)を受けられる貴族はともかく、平民は多少の具合の悪さでは無理をして働きに出てしまう者も多い。結果、医者にかかる頃には重症化(じゅうしょうか)しているケースがままあるのだ。

アメリアが力を注いでいるのは、極力安価で、早く、よく効く薬の開発。

「つまり……、お母上のような方を出さないための研究だったんだな」

アメリアは手を止めた。

エリザに習った滋養強壮剤はよく効いたし、顔色の良くなった母を見た人が「自分にも売って欲しい」と効果を広めてくれたことでちょっとした商売にもなった。

だが、流行り病に関しては――滋養強壮剤ごときではどうにもならない。

アメリアには圧倒的に知識が足りなかった。

薬草を見分けられても、どれとどれを組み合わせれば効果が出るのか、特効薬が作れるのかまではわからなかった。当時のアメリアではどうすることもできなかったのだ。

「……そんな大層な志じゃありませんよ」

ふい、と顔を逸らしたアメリアは登れそうな木を探す。

――母亡き後、アメリアの元にパーシバル家の使いが現れ、父だという人と引き合わされた。下町に出回る「よく効く滋養強壮剤」の噂を聞いた父は、自分の血を引いた娘の存在を思い出したらしかった。

そしてアメリアも――あの時、母が「誰か男の人から薬の作り方を教わったのか？」と聞いてきたのは、アメリアの父親が薬師だからだったのかと察した。父がアメリアに接触してきたのかと思ったのだろう。

だが、アメリアに薬作りを教えてくれたのは正真正銘の女性だ。

エリーザベト・F・パーシバル。

父だと名乗った男に「今さら貴族として暮らすつもりなんてありません」と突っぱねられなかったのは、その家名に惹かれたからでもある。連れていかれたパーシバル家は薬学の名家で、膨大な蔵書の山を見た時にまざまざと確信した。夢で出会ったあの女性は、この家の関係者に違いないと。

エリザから与えられた薬草を見抜く力は大いに役立った。

純粋に薬学の世界を面白く思ったアメリアの努力と、エリザの加護のおかげもあって、瞬く間にいろいろな薬が作れるようになった。

（せめて、あと数か月早く父が来てくれていたら良かったのに）

そうしたら、母を助けられたかもしれなかった。

（……でも、そんなことを言ったってどうしようもないわよね）

引き取られた時にアメリアは決意したのだ。めそめそと悲しむくらいなら、パーシバル家にある蔵書を片っ端から吸収してやろうと。幼稚ないじめや無視をしてくる家族に嫌気がさしたこともあり、半ば現実逃避のように薬学に没頭してきただけだ。

その結果、自分の小遣い稼ぎとして薬を卸すようになったり、母を助けられなかった後悔から流行り病の薬の研究をしたりしているわけで……。決して、セドリックが思ったような、「苦しむ人を助けてあげたい」なんて高尚な気持ちからではない。

アメリアはセンチメンタルな気持ちを振り払うように木の節に足をかけた。

何度も登ったことがあるので要領は心得ているのだが、慌てたリスに止められた。

「お、おいっ、まさか登るつもりか⁉」

「慣れていますから平気ですよ」

「いや、危ないだろう！　俺がやる！」

そう言うなり、セドリックは幹を駆(か)け上(あ)がった。

「これを採ればいいのか」

「……ええ、そうです」

頷くと、枝からひげのように垂れ下がる果穂(かほ)を器用に摘んでくれる。果穂には小さな粒(つぶ)がたくさんついていた。

「これはなんだ」

「サワグルミですよ。クルミと名がついていますが、私たちが知っているあのクルミの実はなりません」

「ふうん……」

「あ、もうじゅうぶんです。ありがとうございます」

セドリックはついてきたはいいが、やることがなくて暇(ひま)なのかもしれない。

(あれこれ昔のことを聞かれるよりは、作業を手伝ってもらおう)

高いところの作業をこなしてもらいつつ、二人は下流の方へと移動していく。

開けた場所には花畑が広がっている。薬用の花に交じって色とりどりの花が咲いている綺麗な場所だ。

「いいところでしょう？」

セドリックに向かって誇らしげに笑いかけると、なぜか彼はどぎまぎとしていた。

「あ、ああ。そうだな。静かで、可憐な花も美しい。お前に花を愛でる趣味があったとは意外だ」

「愛でる？　何言ってるんですか、引っこ抜いて帰りますよ」

白い花をつけた植物を地面から抜く。

「ほら、見てください。立派な根です。水が綺麗だから良質な材料が採れるいいところなんですよ」

「………。お前にロマンチックさを期待した俺が馬鹿だった……」

「あ、マグワートです。これも摘んでいきましょう」

「はあ、これはなんの薬になるんだ」

「これは惚れ薬の材料です。多分、セドリック様を戻すのに必要な薬です」

「惚れ……っ、え？　は？」

「あ、すみません。言葉が足りませんでした」

惚れ薬を飲ませられるのかと勘違いしたらしいリスがワタワタしていたが、別にセドリックを惚れさせたいわけではない。

「古くから魔法や呪力に結び付けられているといわれる薬草なんです」

マグワートは表は濃い緑色、裏は銀緑色の葉で、風が吹くとひらひらとなびく。

花は少し毒々しさを感じる赤紫色だ。

「『九つの薬草の呪文』、ご存じありません？　マグワート、アトルラーゼ、スチューン、ヴァイブラード、カミツレ、スティゼ、ウェルグル、フェンネル、タイム。大昔から伝わる魔女の秘薬に必要な材料です」

「……知らない」

「つまり、魔力が強いという伝承が多いので、セドリック様の毒消しとして使えないかと考えていたところでした」

アメリアはぽいぽいとバスケットに花を入れていく。

マグワートは匂いがきつい。すんすんと鼻を動かしたセドリックは青臭さに顔を顰めていた。

「本当ならもう少し足を延ばしたかったんですが、急がないと一雨きそうですね……」

天気は下り坂になってきている。

適当なところで切り上げたアメリアは雨が降り出す前に帰ることにした。しかし、帰路の途中でぽつぽつと雨粒が落ち始める。

「通り雨でしょうか」

「おそらくな。どこかで雨宿りをしていった方が良くないか？」

「でも……。急げば帰れそうな気もしますし……」

ぽつぽつがパラパラに変わり、アメリアとセドリックを濡らしていく。

ここから一時間以上ある帰路を歩くのはさすがに風邪(かぜ)を引いてしまうだろう。気温が下がると肩(かた)に乗っていたセドリックの口数も減ってきた。一人ならばびしょ濡れになっても強行突破で帰るアメリアだが、か弱い小動物のことを考えて諦めた。

「あの木の下で雨宿りをしましょう。少し走りますので、落ちないように中に入っていただけますか」

薬草でいっぱいのバスケットにセドリックを入れ、アメリアは走った。

太い幹の木の下に逃(に)げ込む。ここならある程度の雨はしのげそうだ。

「セドリック様、大丈夫ですか？」

「……キュ……」

弱々しい鳴き声がバスケットの底から聞こえた。走っているうちに薬草のジャングルに迷(まよ)い込んだらしい。手を突っ込んで引っ張り出してやると鼻を押さえて悶(もだ)えていた。

「キュウ、キュー……」

「ああ……。薬草の匂いに鼻をやられたんですね。ちょっと待ってください、今喋(しゃべ)れるようにしますから」

持ち歩いているサンザシの薬を指先に付け、セドリックの口元に運んでやる。

小さなリスの舌で薬を舐めとったセドリックは震えだした。

「寒いんですか？」

「……わからん。匂いに酔ったせいか、なんだか急激に気分が悪く……」

もしも人間の姿だったら青ざめていただろうという表情で口元を押さえている。リスの飼育方法など知らないアメリアは心配になった。

「身体を冷やさない方がいいかもしれませんね。私の服の中に入りますか？」

「は？」

「服の中です。人肌で少しは温かいかと」

マントは濡れてしまっているし、手で温めてやろうにも雨で濡れたアメリアの手は冷え切っているのだ。

「ばっ――馬鹿か、お前は！　そんなことできるわけないだろう！　お、お前には恥じらいというものがないのか！」

「寒さで死んでしまっては元も子もないかと思ったので……。元気ならいいんですが」

「元気ではないが、これくらいなら耐えられる――っくしゅ！」

セドリックがぷんぷん怒りながらくしゃみをした。

かと思うと、それはものすごい質量をもってアメリアにのしかかってきた。

地面にひっくり返ったアメリアに覆いかぶさっているのは、

「え……」

アメリアは目を見開いた。

「セ、セドリック様……？」

元の姿に戻っている。

金の髪は頬に張り付き、濡れた雨水が滴っていた。眉間に皺を寄せ、何が起こっているのかわからないといった様子だ。

「な、なんだ？　はっ、アメリア！」

アメリアを下敷きにしていると知ったセドリックは慌てて身を起こし、そこでようやくアメリアの身体と自分の身体のサイズに釣り合いがとれていることに気が付いたらしい。服装も、最後に会った夜会での姿のままだ。

「も、戻った？」

「戻りましたね」

「っ、すまない！　大丈夫か！」

セドリックは慌ててアメリアを起こしてくれた。泥が付いてしまったアメリアの髪や顔を袖を使って綺麗にしてくれる。

婚約して三年。セドリックがそんな優しさを見せてくれたのは初めてだった。

たどたどしい手つきで泥を拭ってくれる姿に不思議な気持ちになりながら、アメリアはセドリックの身体を観察した。リスの尻尾が残ったままになっているといった様子はなさそうだ。すらりと均整の取れた体躯も、無駄に造作の整った顔も、アメリアの記憶通りのセドリックである。

「なぜ戻れたんでしょう？　セドリック様が飲んだという毒物の効力が切れたんでしょうか」

「わからん」

「ともかく、良かったですね。これで公爵家に帰れますよ」

「あ、ああ……」

「……？　セドリック様？」

なぜか浮かない顔をしている。元に戻れて嬉しくないのだろうか。

怪訝な顔をするアメリアのことを、セドリックは感極まったように抱き寄せた。

「アメリア、これまでお前につらく当たってしまってすまなかった」

「……」

「俺はお前のことをずっと誤解していた！　リンジーやキースたちの言う悪口を鵜呑みにし、お前が俺を嫌っているのだと思ってひどい態度をとっていたと思う。パーシバル家であんな仕打ちを受けていることだって知らなかった……」

ぎゅうっと抱きしめられたアメリアは目を瞬く。

咄嗟にどう返事をしていいかわからなかったのだ。

「アメリアさえ良ければ、だが」

身体を離したセドリックは真剣な顔でアメリアを見つめた。

「すぐにでも俺の元に嫁いでこい。あんな家にお前を置いておきたくないんだ」

「……セドリック様……」

「それに、お前のことをもっとよく知りた――っくしゅん！」

「！」

くしゃみをしたらセドリックが消えた。

……いや、いた。アメリアの膝の上に。

つぶらな瞳で小さなお手手を見つめて呆然としている。

「なっ……なぜだ……」

「なぜでしょうね」

「戻れたんじゃないのか⁉　どうなっているんだ！　おいっ！」

「私に聞かれてもわかりませんよ」

「く、くしゃみか⁉　くしゃみをしたのがいけなかったのか⁉」

人の姿に戻れたのはほんの一瞬。

もう一度くしゃみをしてもセドリックの姿が再び元に戻ることはなく、アメリアは絶望に打ちひしがれるセドリックを抱えてパーシバル家へと帰宅することになった。

——すぐにでも嫁いでこい、などと言われたがそんな日は当分先のようである。

小雨にはなったものの、パーシバル家に帰った二人の身体はしっとりと濡れていた。

腕に下げたバスケットと、しょんぼりしているセドリックをよいしょと抱え直したアメリアだが、小屋に入ろうとして違和感に気付いた。

扉がほんの僅かに開いている。

中からはごそこそと物音がした。

「……？」

立ち止まったアメリアの強張った表情に気付いたセドリックは、ハッとしたような顔をした。

「……隠れていてください」

セドリックをバスケットに押し込み、アメリアは意を決して部屋の扉を開ける。

泥棒（どろぼう）？　いや……。

「あ、姉さん。おかえり～」

部屋の中にいたのはキースだった。

彼の手にはアメリアがメモ代わりにつけているノートがある。

室内は本やメモ書きが散乱しており、材料をしまってある薬品棚（やくひんだな）や引き出しはどこもかしこも開けられていた。

「キース、何をしているの？」

「ん？　研究がはかどらなくって、姉さんの部屋で調べもの～」

愛らしく笑った弟はぺらぺらとアメリアのノートをめくり続けた。

「これ、エンザ症（しょう）の特効薬だよね。へー、なるほど。さすが姉さん。参考にさせてもらうね？」

そしてそのままノートを持っていこうとする。

アメリアは慌ててキースに追いすがった。

これまでに似たようなことは何度もあったし、アメリアが何を言っても奪（うば）われてきた。

今回も盗（と）られるだろうということはわかってはいるが、それでも言わずにはいられない。

「待って。返して」

その特効薬の研究にはずいぶんと時間がかかったのだ。

アメリアの中では思い入れも強く、そうやすやすと渡せるものではない。

服を引っ張って止めたアメリアの姿にキースはきょとんとしていた。

「聞き間違（まちが）い？　返せって言った？」

「……言ったわ」

「生意気だよ、姉さん」

キースの瞳に加虐（かぎゃく）的な色が宿る。

ここ一年でぐんと背が伸びた弟の身長はアメリアとほとんど変わらない。追い抜かされてしまうのはあっという間だろう。現に、腕力（わんりょく）ではもうすっかりアメリアは敵（かな）わなくなっている。

キースはアメリアを押しのけた。

「返すわけないじゃん。こーんなおいしい研究データ。学会で発表したら称賛の嵐（あらし）だろうなぁ～」

「その調薬法はまだ不完全なの」

「そっか。じゃあ、続きは僕の方で研究しておくね？」

「返して」

ノートに手を伸ばしたアメリアだったが――バチッと激しい音がして、バスケットを落としてしまう。キースに頬をぶたれたのだ。落ちたバスケットから薬草がこぼれた。

「あのさあ、何回言ったらわかるの？　この家の物は――全部――僕の――物なの」

一音一音に平手が乗せられる。

アメリアは思わず顔を庇った。

恐怖は感じない。ただ、キースは虫の居所が悪いようだ。彼は自分の研究がうまくいっていないと、こうしてアメリアに当たり散らす。

「生意気なんだよ、跡継ぎでもないくせに研究だの論文だの……。お前なんか、お父さまと僕の手伝いだけしてればじゅうぶんなのに」

「キース、やめ……」

壁際に追い込まれ、しゃがみこんでしまったアメリアの耳に、キュイッ！　と甲高い鳴き声が聞こえた。

キースが顔を上げて棚の方を見る。

その顔面に、いつの間にか高所に登っていたリスの飛び蹴りが炸裂した。

（セドリック様⁉）

「いっ、たぁあああっ、何するんだこのリスッ！」

キースは顔を押さえてよろめく。

だが、たかがリスの蹴り一発。

腹を立てたキースは、着地したリスの尻尾を鷲掴みにして放り投げた。小さなリスの身体は床に積んであった本の山に命中し、崩れた中に埋もれてしまう。

「セ、……ッ！」

「姉さんってばいーけないんだ。ペットは飼っちゃダメって母さまに注意されたでしょ？……次に見かけたら、毛皮を剝いで鍋にぶちこんでやるから」

残酷な台詞を吐いたキースは、取り落としたノートを拾って出ていく。

駆け寄ったアメリアは慌てて本をどけた。セドリックはぐったりと横たわっている。

「セドリック様！　しっかりなさってください！」

「……平気だ」

「ほ、骨、折れていませんか？　内臓とかっ……」

こんなに小さなリスの身体では何かあったらすぐに死んでしまいそうだ。

「俺のことはいい。お前こそあいつに叩かれていただろう」

「私は平気です。慣れていますから」

別にどうということはない。しかし、起き上がったセドリックの瞳は怒りに燃えていた。

「──慣れるな!!」

怒鳴られたアメリアはびっくりした。

「慣れるな、こんなことに！　どう考えても悪いのはあいつだろう！」

「………」

　そんなことはアメリアだってわかっている。

　わかっているけどどうしようもない。今に始まったことではないのだ。

　ぎゅっと拳を握ったアメリアは、セドリックの身体に異常がないことを確認すると立ち上がった。

「……痛みや吐き気はありませんか？」

「アメリア」

「すぐに、打ち身に効く湿布か何かを作りますね」

「俺の事なんかどうでもいい！　エンザ症の特効薬は、お前が亡くなった母親のような人を出したくなくて作った薬なんじゃないのか！　今すぐ取り戻しに行くぞ！」

「無理ですよ」

「無理じゃない！　そうだ、すぐに公爵家に連絡を入れろ。父はお前を気に入っているし、訴えれば取り返せる」

「こんなことで公爵にご迷惑はかけられません。それに、……私が完成させようが、キースが完成させようが、パーシバル家の功績には変わりありませんから。今までもそうでしたし、もういいんです」

「そうやって諦めてしまうからキースがつけ上がるんだろう！」

怒り心頭のセドリックは言い募る。

セドリックが怒れば怒るほど、アメリアの頭は冷えていった。

そうだ、どうせ何をやってもキースの功績にされるのに……、「返して」と追いすがってしまって叩かれ損だった。アメリアは名誉が欲しくて研究しているわけじゃない。この家にいるのは薬学を学べる環境として充実しているからだ。

（先に……部屋の片付けをしようかな）

部屋もずいぶん散らかってしまった。

積んできた薬草は、キースが踏んづけたせいでダメになっているものもある。勿体ないと思いながら手を伸ばす。

「聞いているのか、アメリア！」

聞いている。

「本当は悔しいんだろう。だったらそう言え！　ちゃんと戦え！」

セドリックは元気そうだ。良かった。そんなにも怒鳴れるなら大丈夫だろう。

人に戻れた姿の時は謙虚な様子を見せていたが、これでこそいつものセドリックだ。

強気で、偉そうで。アメリアが言いたいことを呑み込んでいるのが気に入らない。言いたいことがあるのならはっきり言えという、いつものセドリック。

「いいか。このままで済ませるべきじゃない」

だが、そろそろうるさいなあ、と思った。

アメリアは慣れているのだ。

ちょっと乱暴に扱われたくらいでキーキー怒るセドリックと一緒にしないで欲しい。薬草を拾う手にぎゅうっと力がこもってしまう。

こんな風に強く握ったら茎が折れてしまうのに。

アメリアは苛立ちを抑えようと深呼吸をしたがうまくいかなかった。

セドリックがうるさいのだ。こっちが必死で落ち着こうと気持ちに蓋をしようとしているのに、彼は遠慮なくこじ開けてくるから……。

「お前がこれ以上不当な扱いを受けるのを、俺は見たくな――」

「――言ってどうなるっていうの!!」

気付けば握り締めていたマグワートを床に投げ捨てていた。

我慢しようと思っていたのに――、セドリックがぎゃいぎゃいと文句を言い続けるから。

指先は怒りで震えていた。

「私がこれまで何もしなかったとお思いですか？　キースから取り返そうと頑張ったり、

『その研究は私のだ』と名乗りを上げたりしたことが一度もないと？　何度声を上げても握りつぶされる気持ち、セドリック様にはわからないでしょう！」

　セドリックの言うことは正しい。

　だけどそれは、きちんと意見を通せるだけの発言力がある人の考えだ。

「キースが悪いことをしていることくらい、私だってわかっています。お父さまやお義母(かあ)さまが見て見ぬふりをしていることも。だけど、家族に冷遇(れいぐう)されている私が声を上げたって何の意味もないんです」

　悔しいと叫(さけ)べば叫ぶほど、踏みにじられた時に苦しくなる。

　だからアメリアは諦めた。

　どうせ奪われるのなら、執着(しゅうちゃく)しない方がましだと気付いたのだ。

　悔しい気持ちに蓋をして、研究や仕事に没頭する。何も感じない、気付かないふりをして、敷(し)かれたレールの上を歩くように淡々(たんたん)と暮らす。

　引き取ったくせにいじめを放置する父にがっかりしなかったと言えば嘘になる。

　でも、もう助けなんて期待しない。家族とわかり合いたいとも思わない。

　それがアメリアの心と暮らしを守る方法だったのに。

「私のことを知ろうともしなかったくせに、今さら偉そうなことを言わないで！」

　そこまで怒鳴ったアメリアはハッとした。

セドリックはびっくりした顔で固まっている。

「……お前も、そんなふうに怒るんだな」

呆気にとられたような声。

激しい奔流のように感情を吐き出したアメリアを我に返すにはじゅうぶんだった。

「……すみません、私……」

こんなことを言うべきじゃなかった。

ただの八つ当たりだ。怒るべき矛先はキースなのに。セドリックはただアメリアの境遇を心配してくれただけなのに。

自分はこんなに我慢していたんですと喚き散らして——みっともない。

「私、私……、あ、頭を冷やしてきます」

いたたまれなくなったアメリアは小屋を飛び出した。

「アメリア！　おいっ！」

焦ったようなセドリックの声は扉が閉まると同時に消える。

アメリアは走った。

やみかけていた雨は再び降り始めていたが、すでに濡れているから気にならない。

パーシバル家の門を出たアメリアはそのまま足を進める。薬草臭い自分の身体も、キースにぶたれて熱を持っていた頬も、感情的になってしまった頭も、冷たい雨が洗い流してくれるようだった。

(飛び出してきたって、結局帰らないといけないのに……)

引き取られたばかりの頃は、パーシバル家を出て行こうかと何度か考えた。

だけど、現実は厳しい。

市井で暮らしていたアメリアは貧乏暮らしも経験していた。

お金を稼ぐのは難しいことだ。

そして、アメリアがお金を稼ぐ手段といえば薬を作ることくらいしかない。街で薬を売っていればすぐにパーシバル家の耳に入り、連れ戻されるだろう。それは賢い行動とは言えない。

ならばと名を上げられるように勉学に力を入れた結果、父やキースに利用されることになった。名誉や謝礼金を奪われる度にアメリアは段々どうでもよくなっていったのだ。

(戦うのって、それ相応のエネルギーがいるのよ)

流されて暮らす方が楽だと気付いてしまった。

戦え、言い返せ、と高みから簡単に言ってくれるセドリックに腹を立てたが、彼に怒ったところでどうしようもない。戻って謝り、また何事もなかったかのように暮らそう。

アメリアが薬を作らない限り、セドリックだって行くところがないのだから……。

「アメリアッ！」

道の真ん中でぼけっとしていると誰かに腕を引っ張られた。

小柄（こがら）なアメリアはすっぽりとその誰かの腕の中に収まってしまう。相手の顔を見たアメリアは驚いてしまった。

「え、セドリック、様……？」

なぜまた人の姿に戻っているんだろう。

戸惑うアメリアをセドリックはぎゅっと抱く。

「どこに行くつもりだ、こんな雨の夜に……。危ないだろう！」

どこにも行くところなんてない。

そんなことはセドリックだって知っているくせに……と皮肉を言いたくなったが、抱きしめる腕からは心配してくれている気持ちが伝わってきた。

心配してくれている？

……そんな人、亡くなった母以外にはいないと思っていた。

「悪かった。お前の言う通りだ。これまでお前のことを知ろうともしなかったくせに、一

方的にああしろこうしろと言われたら……怒るよな」

「…………」

共感されて、ぐっと唇を噛み締める。

「助けたいのに助けられないことがもどかしかったんだ。頼む、いなくならないでくれ」

「……私がいないと、元の姿に戻れなくて困りますもんね？」

可愛くないことを口にすると、

「ああ、困る。リスの姿ではキースをぶん殴ることも、お前の涙を拭いてやることもできないからな」

押しのけようとしたが、セドリックの身体はびくともしなかった。

アメリアのささやかな抵抗ごときでは揺るがない。

「怒ってくれてありがとう。アメリアの気持ちが知れて良かった」

セドリックがこれまでのことを悔いていることや、アメリアを心配してくれる気持ちが伝わってきたから——アメリアは身体の力を抜いてしまう。

自分の気持ちを誰かにぶつけるなんていつ以来だろう。

こんなふうに同情して、寄り添われることを本当はずっと求めていたのかもしれない。

じわっと何かが目元に滲んだ。

「アメリア……」

　ほっとしたようなセドリックの声。

　と、同時に急に焦り出した。

「あ、ああ、その、すまない。思わず抱きしめてしまったが……」

　何をするにも自信満々だった人間のセドリックと、理不尽な目に遭ってすっかり小心者になってしまったリスの態度がごちゃまぜになり、慌てているらしい。

　そんな様子はアメリアにとって好ましく思えた。

　くすっと笑ってしまって素直に寄りかかる。

　しかし、次の瞬間、支えをなくしたアメリアは盛大に転ぶことになった。

「きゃあっ！」

「うわあっ！」

　転んだアメリアの側にはリスが転がっている。

　またもや一時的に元の姿に戻れただけらしかった。

「くっ、また……！　アメリア、大丈夫か⁉」

「ええ、だ、大丈夫です……」

　転ぶほどセドリックに体重を預けていたことが恥ずかしかった。滲んでいた涙は雨がすっかり洗い流してくれている。

「……帰りましょうか」

「……そうだな」

水たまりの中、アメリアはリスに手を伸ばした。

小さな身体を抱いてやる。セドリックは居心地が悪そうに身じろぎした。

「女に抱かれるなんて格好悪いな」

「仕方ないですよ、リスなんですから」

「お前が小動物になってしまえば良かった。そうなったら誰にも手出しさせないのに」

「なに……言ってるんですか。リスのくせに」

雨でしぼんでしまった哀愁漂う姿で甘いセリフを言われたっておかしいだけだ。ときめくわけがないのに、少しだけあたたかい気持ちになる。

ずぶ濡れになりながら歩いていた一人と一匹だが、たいして移動しないうちに一台の馬車が止まった。

「レディ、大丈夫ですか!?」

馬車を降りた親切な男性が声を掛けてくれたのだ。

「あ、すみません。大丈夫です」

「いや、大丈夫ではないでしょう！　送りますよ！　家はどちらです？」

自分が雨に濡れるのを厭わず、着ていた上着を脱ぐとアメリアにかぶせてくれた。

ずいぶん紳士的な……、金髪碧眼の若い男性だ。どこかで見た覚えもあるような気がする。

「ん？　きみはもしかして、アメリアさん？」

「ええ、そうですが」

「やあ、これは奇遇ですね！　ちょうどパーシバル家に行こうと思っていたところなんですよ。俺はフレディ・コストナーです。一度お会いしていますよね？」

フレディ・コストナー……。最近どこかで聞いた名前だ。

「セドリックの従兄です！」

「……ああ！」

あなたが！　そういえば会ったような記憶が薄ぼんやりとよみがえってきた。

セドリックと同じ金髪碧眼で顔立ちも少し似ているが、クールなセドリックとは違い、快活で爽やかなお兄さんといった人となりだ。

（この人が、セドリック様が『毒を盛った』と疑っている人？）

とてもそんなことをするようには思えないが……、外面のいい人間が身内にいるため、「実は裏の顔があったりするのかも？」と考えてしまう。

フレディは親切に申し出た。

「パーシバル家まで送りますよ。乗ってください！」

「え……と、いいんですか？」

「当たり前ですよ。風邪を引いてしまいますから、さあさあ」

肩を抱いて馬車へといざなってくれるフレディに、アメリアの腕の中でチチッ！　と威嚇するようにリスが鳴いた。

「おや。可愛いリスですね。アメリアさんのペットですか？」

悪気なくニコニコと聞かれる。

リスは威嚇するように再び鳴いた。

人間の言葉で喋らないあたり、フレディに正体はバレたくないらしい。

「……ええ、まあ。そんなようなものです」

アメリアは曖昧に肯定し、フレディから貸してもらった上着でセドリックをくるんでやった。そうでないと敵意がだだ漏れなのだ。ペットは大人しくしていてくださいと抱きしめる。

もっとも――セドリックが敵意を向けていたのはフレディを疑っているせいではなく、馴れ馴れしくアメリアの肩を抱いたからなのだが。

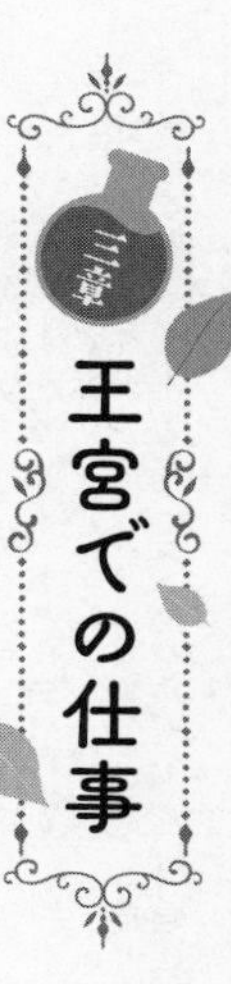

「エンザ症の特効薬？」

フレディと共にパーシバル家に戻ったアメリアは、着替えてすぐに応接間に通された。

髪が濡れているのでタオルを肩にかけてはいるが少々寒い。

普段なら部屋に戻るようにと追い払われるのだが、フレディがアメリアの同席を強く望んだのだ。客人がいる手前だろうか、父に指示されたメイドがアメリアに温かいマグカップを渡してくれる。

父と向かい合って座ったフレディは快活に頷いた。

「ええ。実は王宮で罹患者が出まして。特効薬を貰ってこいと叔父におつかいを頼まれたんです」

セスティナ公爵の頼みなら断れない。

父は困ったような顔をした。

「既存の薬ならありますが、特効薬はまだありません」

「そうですか。じゃあ、アメリア嬢を貸してください」

「へ？」

突然の頼みに、父もアメリアもぎょっとした。

「アメリア嬢ならちゃちゃっと何か作れちゃうんじゃありません？　優秀ですし」

「いや、その……。フレディ君、薬学というのはそんなに簡単なものでは……」

「どう？　アメリアさん、何かいいアイデアはない？」

親しげに問われたアメリアは表情を引き締めた。

──作りかけの特効薬がある。父もまだ知らない薬だ。

「……あ、ありま、」

「あります！」

タイミング良くキースが応接室に入ってきた。自信満々の顔でフレディに向かって微笑む。

「エンザ症の特効薬なら、ちょうど僕が研究していたところでした」

「なんだって！　いや、素晴らしいね。さすがパーシバル家のご子息だ！」

「……キース、それは本当か？」

ごほんと咳払いをした父に、キースはノートを取り出した。

「ええ。調薬法ならここに」

……父は、一目見たらそれがアメリアの字で書かれたものだと気付くはずだ。

渡されたノートをめくり、内容を確かめていく。

「どうですか、お父さま？　この通りに作れば、きっと王宮の皆様のお役に立てることでしょう？」

キースは父が黙認するとわかって発言している。

アメリアの考えた方法に父からのチェックが入れば、キースにとって自信を持って成果として発表できることだろう。嫡男としての評判はますます高まる。

ぎゅっとアメリアは自分の手首を掴んだ。

父としてキースをたしなめて欲しい。それがかなわないならせめて、薬師としてその薬が未完成であることを指摘して欲しい。

しかしアメリアの願いは届かず、父は肯定した。

「……よく、考えられている」

キースの表情はぱあっと明るくなった。

「お父さま、本当ですかっ？」

「ああ。だが、ここは上澄み液を使わずにすべて煮込んでしまうべきではないか？　その方が効能が高い」

（え……）

ノートに書き込みを入れられて驚く。

アドバイスされたことにも驚いたし、パッと見てすぐに改善点を見つけられたことにも驚いた。父も考えたことがある調薬法だったのかもしれない。

キースは生真面目な顔をして「なるほど、善処します」と頷く。

「パーシバル伯爵のお墨付きも得られたようだし……、それなら、王宮にはキース君に来てもらおうかな」

「ハイッ！　僕、頑張ります！」

元気いっぱいに返事をしたキースにフレディはにっこり笑いかけた。

「ちなみにその薬って、国王陛下が飲んでも大丈夫なやつ？」

「え？　も、もちろん――」

「うっかり陛下の身に何かあったらキース君の首が飛んじゃうことになるんだけど……、大丈夫かなあ？」

「!?」

ニコニコ話していたフレディの目に一瞬凶悪な光が宿った。

もしも何かあったら処刑ものだよ？　……平たく言うとそういうことだ。

まだ十三歳であるキースに対し、実験気分で仕事に来るなよとやんわり脅している。

快活な人が垣間見せた物騒なオーラに、父は口ごもり、キースは青ざめ、アメリアのタオルで隠れているリスまでも身を固くしていた。

「……実はこの研究、姉と一緒に進めていたものなんですよ」

キースはアメリアを巻き込んだ。

「僕一人だとまだ不安で……、姉さん、良かったら一緒に王宮に来てくれないかな？」

怖気づいたのか連帯責任にするつもりらしい。

父も頷いた。

「そうだな。アメリア、行きなさい」

キースのお目付け役として行ってこいということなのだろう。

「……わかりました」

アメリアの返答を聞いたセドリックが膝の上で動いた。

どうやら心配してくれているらしい。宥めるようにタオルの上からそっとリスの身体に触れた。

（大丈夫ですよ）

父に命じられたから嫌々行くわけじゃない。

未完成の薬をキースにいじくり回されることに不安があったからだ。アメリアの薬師としてのプライドでもある。

「アメリア嬢がいるならキース君も心強いでしょう。では、申し訳ありませんが、一時間後に出発とさせてください。ある程度の薬草なら王宮で準備できますが、もしも特殊な材料や道具が必要でしたらご持参いただけますか？」

王宮でアメリアとキースが通されたのは、調薬室の一つだった。

そこにやってきたのは見知った人物――セスティナ公爵だ。長い髪は束ね、口元はしっかりと布で覆っている。

「アメリアにキース君。わざわざ来てもらってすまないね」

「お久しぶりです、セスティナ公爵」

「フレディ様からお話を聞きました。お力になれるよう、誠心誠意頑張らせていただきます」

恭しく頭を下げるキースは気合が入っている。

「……エンザ症の特効薬が必要なんですよね？」

セスティナ公爵が診ていることはよほど高位の人物なのだろう。

いったいどなたが？　とアメリアは直截に尋ねた。

「王妃殿下だ」

「！」

フレディは国王にも飲ませられる薬か、とキースを脅したが、大げさなたとえではなかったらしい。確かに、新薬の実験台にするには恐れ多すぎる相手だ。

「エンザ症は体力のある者ならば、一週間も寝込めば症状が改善していくものだろう。しかし、身体の弱い幼児や老人にとっては命を奪う病になりかねない。王妃殿下はまだまだお若いが、近年臥せりがちであったため、どうにも治りが悪くてな……」

アメリアの母もエンザ症から回復できずに亡くなってしまった。

風邪よりもずっと高い熱が出るため、どんどん体力を奪われてしまうのだ。

「以前会った時、アメリアはエンザ症の特効薬を作りたいと言っていたね」

「ええ。セスティナ公爵が贈ってくださった研究書、大変役に立ちました」

アメリアは礼を述べ、「……ですが、私が研究している特効薬にはまだ欠点があり、完全とは言いづらいんです」と正直に告げる。

「欠点とは？」

「強い薬を使用しているため、身体に負担がかかり、意識の混濁が起こる可能性があります。市井で流行り病に罹患した者に使ってもらったところ、度々そういったことが……。もちろん、全員回復はしていますし、今のところ後遺症も出ていませんが」

「なるほど。高熱に浮かされておかしな行動をとってしまうようなものか」

「そうです。危険物を遠ざけ、周囲の者がきちんと様子を見ていれば大丈夫でしょうが、王妃様が使われるとなると不安を感じる方もいるでしょう。特効薬でなくても、対処療法で診ていくことは可能です」

熱が高ければ解熱剤を、吐き気があるようなら吐き止めを、というやり方が一般的だが、罹患者の体力がない場合は苦しい日が続くだろう。

「そうか。一度国王陛下に相談してみることにしよう。その薬を作るのにどれくらいかかる？」

「そうですね……、三時間ほどいただけますか？」

「では、先に取り掛かっていてくれ。陛下の返答如何ですぐに使えるようにな」

「わかりました」

大人しく聞いていたキースが声を上げた。

「公爵様、王妃殿下の様子を直接見せていただくことはできませんか？」

「エンザ症はうつりやすい。残念ながら、部屋に入れることはできないな。身の回りの世話も私と侍女数人のみで行っているんだ」

「そうですか……」

そのため、公爵はこの数日間王宮から出ていないそうだ。

去り際、ついでのようにアメリアに尋ねた。

「ところで——話は逸れるのだが、きみたちはセドリックと会っていないか？」

　どきっとしたアメリアとは裏腹にキースは落ち着いた様子で首を傾げた。

「セドリック様ですか？　先日の夜会でお会いしましたが……。何かあったのですか？」

「ああ、いや。どうも、しばらく姿が見えないらしくてな。どうやら夜会の途中で具合が悪くなって家に帰ったようで」

「ええ、おっしゃる通りです。僕とリンジーが一緒にいたんですが、気分が悪くなったとのことで先に帰られました」

「うむ。使用人の話では部屋で休むと言っていたらしいが、いったいいつ出ていったのか……。気が付いたら姿を消してしまったようなんだ」

「なんですって！」

　キースは驚いていた。

「僕、セドリック様が行方不明になっているだなんて知りませんでした。お心当たりは探されたのですか？」

「一応探させてはいるのだが……。……まあ、息子もいい歳だし、数日家を空けたくらいでどうということもないのだがね。まったく、私が忙しい時にどこをほっつき歩いているのやら」

　公爵はアメリアを気遣ってか、明るい口調で肩を竦めるにとどめた。

　婚約者が行方不明などと聞かされれば、普通の令嬢なら動揺するだろう。しかし、そういった小芝居が苦手なアメリアは驚くふりをすることができなかった。

キースに非難がましい目を向けられる。

「……姉さんってば、心配じゃないの？」

冷酷な女だと言わんばかりの口調だ。

「え？　ああ、もちろん心配で……」

「いやいや、気にせんでくれ。いたずらに心配をかけてしまって悪かったな」

仕事に取り掛かってくれ、と言って公爵は出て行った。

荷物を広げながらキースは嫌味を言う。

「姉さんって、本当にセドリック様のこと、何とも思ってないんだね？」

「……そんなことないわ」

セドリックならポケットにいるし……。

ただ、何も知らない公爵にはセドリックへの愛情がないように映っただろうし、キースにもそう見えたらしい。

「可哀想なセドリック様。行方不明になっても婚約者に心配してもらえないなんて……。僕なら姉さんみたいな女と結婚するなんてごめんだね」

「……そう、よね」

アメリアもそう思う。

セドリックは『すぐにでも俺の元に嫁いでこい』と言ってくれたが、それはきっと同情心からだろう。プライドの高いセドリックは責任感も強い。婚約者が不当な扱いを受けているのが許せないのだ。

(責任感から結婚しようと言ってくれたのであって、私のことを愛してくれているわけじゃない)

もちろん、わかっている。

キースはそんなアメリアの様子を鼻で笑った。

「なに本気で落ち込んでるの？　気持ち悪っ」

「え？」

「いつもなら、『私だって好きで結婚するわけじゃないわ』って言うくせに。まあ、どうでもいいけど。さっさと指示出してくれない？」

「指示？」

キースは偉そうな態度で机をバンバンと叩いた。

「作るんでしょ、薬。王妃様用だけじゃなくて、お世話してる人たちにうつっちゃう可能性も考えて少し余分に作っておいた方がいいよね？」

「……………え、ええ……」

キースはアメリアの指示に従う気があるらしい。

未だかつて彼が協力的だったことがあっただろうか。

思わず狐につままれたような顔をしてしまう。

「なに？　僕だって未熟な面は勉強しようという謙虚な心くらい持っているよ？」

アメリアの視線に気付いたキースはこちらを軽く睨んだ。

「っていうか、セスティナ公爵は姉さんが特効薬を開発中だったって知ってたみたいだし？『僕が考えました』って言ったところで信じてもらえないなと思っただけ。おまけに王妃の部屋に入れないんじゃ、顔を覚えてもらうこともできない。……来て損したよ。さっさと作ってさっさと帰りたい」

身勝手な理由だが、そういうことなら、とアメリアは薬作りの一部をキースに任せた。

「えっとじゃあ、このリストの上から順にすりつぶしてくれる？」

「……ん」

こんな風に姉弟で作業をするなんて初めてのことだ。

慣れた手つきで薬草を細かくするキースの横顔を盗み見る。アメリアと会話を続ける気はなさそうだった。

(私は、他人に興味を持たないようにしていたから……)

パーシバル家に来てからすっかり心を閉ざしてしまっていたが、キースが王妃に顔を覚えてもらおうとしたり、フレディに良い顔をしたりして自分の地位を高めようとしている姿は、貪欲(どんよく)だなと思った。これからパーシバル家を背負うのはキースだ。やり方はどうあれ、彼には彼なりのプレッシャーがあるに違(ちが)いない。

セドリックのことも……。

(『私だって好きで結婚するわけじゃない』か。今思えば、セドリック様に対して失礼なことを言ってしまっていたわ)

人の心の機微(きび)に疎(うと)かったことを反省してしょんぼりしてしまう。

会話の代わりにごりごりと薬草をすりつぶすこと小一時間――

ノックと共にメイドが顔を出した。

「失礼致します。フレディ様に申し付かり、別室に夜食をご用意させていただきました」

「え？　お夜食？」

「ええ。夜通し作業させてしまうことになるだろうからと」

なんて親切なんだろう。

が、今は釜(かま)で薬を煮出(にだ)し始めたばかりで手が離(はな)せない。

必然的にアメリアがこの部屋に残り、キースを食事に向かわせる気でいたのだが、予想に反してキースがアメリアに離席(りせき)を進めた。

「釜、僕が見てるから、姉さんお先にどうぞ」

「えっ？」

キースがそんなことを言うなんて槍でも降るのかもしれない。まさか、アメリアの評判を落とそうとわざと失敗しようとしているんじゃ……。

アメリアの懸念が伝わったのか溜息をつかれた。

「僕を疑ってる？」

「え、っと」

「さっきも言ったでしょ。ミスしたら僕も連帯責任にされちゃうんだ。実家ならともかく……王妃様の口に入るようなものに対して余計なことはしません」

むすっとした顔で、砂時計の砂が落ちるごとに真面目に釜の中身をかき混ぜている。

確かにこの調子なら任せても心配ないだろう。

「じゃあ……。お願いね、キース」

アメリアは生まれて初めて弟を頼った。

自分の作業を人に任せるなんて初めてのことだ。

アメリアから「お願い」されたキースは僅かに目を見開き——

「ふん。早く行きなよ。……この研究は……、姉さんのでしょ。責任者が倒れたら話にならないし、ちゃんと休んできてよねっ」

ぷいっとそっぽを向きつつも珍しく思いやりのある言葉を掛けてくれた。

「あ、ありがとう」

ぎこちない姉弟の会話だった。

だが、大きな一歩のように思えた。

部屋を出たアメリアは呟く。

「キースは、本当はいい子なのかもしれないわ……」

──部屋を出たアメリアが呟く。

「キースは、本当はいい子なのかもしれないわ……」

「そんなわけがあるか！」

セドリックは即座に小声で反論した。

メイドに案内されてティールームに入り、アメリアの他に誰もいなくなると、白衣のポケットから顔を出す。

「おい、ほだされるなよ！」

「ほだされるなって……」

「キースと話したらわかり合えるのかも、と思ったのかもしれないが、あいつは何度もお前の研究を盗んでいるんだ。しおらしいふりをして、また何か悪だくみをしているのかもしれない。そんなに簡単に心を許すな」

しっかりと釘を刺しておく。

ここは王宮。確かにキースにとって好き勝手できるような場所ではない。アメリアを虐めるわけにもいかないだろうし、セドリックの父やフレディの目もある手前、薬を失敗させるようなことはしないだろう。

が、これまでキースがアメリアにしてきたことは別問題だ。いくらイライラしていたからといって、暴力を振るったり研究を盗んだりしてもいいという理由にはならない。ここでアメリアが許してしまったらキースが図に乗るだろうことは目に見えていた。

「べ、別に心を許したわけでは……」

「本当か？　弟なりにパーシバル家のことを考えていて必死そうだったから、この場は手柄を譲ってやろうとか考えているわけじゃないだろうな？」

図星だったのかアメリアが黙る。

（こいつ、意外とわかりやすいよな）

無表情でいつも何を考えているかわからないと思っていたアメリアだが、リスになって側にいたことによって段々と思考パターンがわかるようになってきた。

アメリアはクールだ。頭もいい。

だがそれはクールぶっていただけなのだ。

感情を爆発させて飛び出してしまったアメリアを見たセドリックは、脆くて傷つきやすいアメリアを守ってやらねばという衝動に駆られていた。

「いいか。人はそんなに簡単に変わらない。優しくされたからといって簡単に信じるな。悪意が潜んでいるかもしれないんだからな！」

「では……、セドリック様のこともあまり信用してはいけないんですね」

「なぜそうなる⁉　お、俺は本当にお前を心配してっ」

「大丈夫ですよ。私に気を遣って優しくしてくださらなくても、今さら放り出したりしませんから」

「わかってない！　違う！」

特大級のブーメランが返ってきたセドリックは泡を食った。

騒ぐセドリックをよそに、テーブルについたアメリアは鍋の蓋を開けた。クリームソースで煮込まれたスープが入っており、食欲をそそる匂いが部屋に充満する。

「おいしそう……。セドリック様も食べますか？」

「ああ、少し貰おう。……ってそうじゃない！　聞いてくれアメリア！」

ああもう。やり直したい。何もかも最初から。アメリアと出会った時から！

もう少し自分が友好的にアメリアに接していれば、ひどい状況にも早く気付けただろうし、アメリアからも信頼されたことだろう。

だけど人生はそう都合よく巻き戻ったりはしないから、不本意ながらリスになってしまったことはセドリックにとっては僥倖だったのかもしれない。何も知らずにアメリアと結婚したら、キースたちの思惑通りにアメリアを冷遇した挙句、パーシバル家に帰してしまっていただろう。

「優しくするのは、元に戻るために媚びを売っているわけじゃないんだ」

どうか信じて欲しい。

雨の中で抱きしめた身体は細く華奢で、不遇な扱いを受けることに「慣れている」と言ったアメリアを助けたいと心から思った。

ロマンスの欠片もない彼女に綺麗な景色を見せてやりたいし、異国の薬草園にでも連れていって驚くところも見たい。

そして、セドリックに笑いかけてくれたら——きっと、自分の心は満たされるだろう。

この気持ちは『愛情』と呼ぶべきものではないのか。

「この数日で俺は本当に反省したんだ。今は、心からお前を大切にしたいと思っている」

精一杯の、最大級の想いをぶつけたセドリックだが——

「ふふっ、ありがとうございます。はい、セドリック様の分のお食事ですよ」

「……」

アメリアにはまるで響いていない。

（この姿か？　この姿がダメなのか⁉）

小動物の姿で愛を囁いてもちっとも格好がつかない。

自分の容姿が優れているという自覚があったセドリックは、顔と雰囲気を奪われた状態でどうやってアメリアをときめかせればいいのかさっぱりわからなかった。

「っ、くそ……。元の姿に戻ったら覚悟しておけよ……！」

「やはり、内心では私へのご不満が溜まっていたのですね。すみません」

「違うっ！　覚悟しておけというのは、恋愛的な意味で――っ！　ど、どうした⁉」

スープを口にしたアメリアの目が見開かれ、口を押さえたものだから――セドリックは慌てた。

もしやという可能性を考えて血の気が引く。

ここは王宮。陰謀と欲望が渦巻く場所。

「まさか、毒が――」

「……お、おいしい……っ！」

アメリアは目をきらきらと輝かせていた。

「さすが王宮ですね。お肉は柔らかいし、スープもぜんぜんしょっぱくありません。毎日こんなにおいしいものが食べられるなんて……。私、王宮勤めを目指そうかな……」

「…………」

セドリックは自分の分を一口齧った。

おいしいが、舌が肥えているセドリックにとっては感激するほどの代物ではない。ごく普通の材料を使った、ごく普通のスープだ。

やはりパーシバル家の晩餐では美味しくないものを食べさせられていたのか。

セドリックは目頭を押さえた。

「アメリア」

「はい？」

「……っ、たくさん食べろ……！」

別に王宮に勤めずとも、公爵家に来たらいくらでも食べさせてやる。

ロマンスよりも旅行よりも、まずもってアメリアの生活向上が早急の案件だ。

国王とセスティナ公爵が協議した結果、アメリアとキースが作った薬は速やかに王妃に投与されることになった。

仕事をやり遂げてほっとするアメリアを横目に、キースはもうここに用はないとばかりにさっさと帰り支度を始めている。おそらく王宮から馬車を出してもらえるだろうし、アメリアものんびりとはしていられない。

調薬に使った道具を片付けているとノック音が聞こえた。

「――失礼。今、少しお時間をいただいても構いませんか？」

名乗りもされなかったので警戒してしまう。

「はあ。どちら様ですか？」

「……開けていただければわかるかと思います」

なぜそんなもったいぶった言い回しをするんだろう……。

姉さんが開けてよ、とキースに一瞥されたアメリアはしぶしぶ扉を開けた。もしかしたら、王宮付きの薬師が「自分たちの仕事を奪ったな！」と文句でも言いに来たのかもしれないなぁと警戒してしまう。

扉の向こうには、黒髪の若い男性が一人で立っていた。

フレディと同年代、二十代前半くらいの凛々しい人だ。

開けてもらえればわかると言われたものの、アメリアは首を傾けた。

「どちら様ですか？」

「ばっ……！　姉さん、何言ってるの、王太子殿下だよ！」

すっ飛んできたキースが頭を下げた。

「す、すみませんっ、殿下！　姉は世事に疎く……」

パーティーなどでもよく「姉は世事に疎くてお恥ずかしいです」とキースに嫌味を言われることがあったが、これは本気の謝罪だった。

なんで顔を知らないんだ、馬鹿じゃないのかとキースに睨まれるが――あいにく、王族が出てくるようなパーティーにはほとんど参加できていない。まじまじと顔を見るのはこれが初めてだ。

美しい青年は言われてみるとそこらの貴族とは格が違う、きらびやかなジュストコールを身にまとっていた。「大変失礼致しました」。アメリアも頭を下げる。

王太子は苦笑しつつも親しみのある態度でアメリアに話しかけた。

「きみがアメリア嬢か。そして、弟のキース君。セスティナ公爵からとても優秀だと聞いているよ」

「ありがとうございます」

「身に余る評価でございます」

キースってこんなに謙虚な態度をとれるんだ……と意外に思いつつ、アメリアは王太子の言葉の続きを待った。

(王太子殿下ってもっと護衛をぞろぞろ引き連れているイメージだったけど)

彼は一人だ。王妃の薬の礼を言うためにわざわざこの部屋に立ち寄ってくれたのだろうか。

「実は、セスティナ公爵とやりとりしているのを少し小耳に挟んでね。解熱剤も合わせて飲ませたと聞いたんだけど」

「……？　はい」

「なぜ？　僕の聞きかじりレベルの知識で申し訳ないけれど、高熱が出ている時は身体が戦っている証拠だから、薬で熱を下げない方が早く良くなるのでは？」

突然、口頭試験のような質問をされたキースはたじろいでいた。

王太子の物言いは、まるでアメリアたちが良くない薬を処方したのではないかと疑っているような口ぶりだったからだ。

「どうかな？　キース君」

「それは……、おっしゃる通りです。ですが、王妃殿下は高熱が続いていたので……」

「明日まで待てば、薬に頼らずとも解熱したかもしれないよね」

「可能性だけで言えば、その通りですが……」

尻すぼみになるキースはちらりとアメリアを窺った。

解熱剤も飲ませるようにと公爵に進言したのはアメリアだからだ。

「王妃様が高熱でうなされ、あまりよく眠れていないようだと伺ったからです。体調不良の時に最も必要なのは休養です。熱のせいで眠れなかったり、食事や水分もとれないようでしたら、一時的にでも身体を楽にしてあげた方が無駄な体力の消耗をせずに済むでしょう」

医学書でも読むようにすらすらと答えたアメリアに王太子は詰め寄った。

「ふうん？　さっきの特効薬、考えたのはどっちだったかな？」

「責任者は？」と言いたいらしい。

キースは速やかに保身を選んだ。

「姉です」

「……私です」

「そうか。ならば母の症状が良くなるまで、アメリア嬢はこの王宮に逗留してもらおう。キース君、きみは学校もあるだろうしパーシバル家に帰りなさい。……ああ、もちろんこの件に関する特別手当は出そう。部屋を出たところに私の副官がいるから指示に従うように」

「は、はい」

キースは部屋から出され、アメリアのみ残されることになった。

「さて、アメリア嬢」

まさか、また口頭試験の再開か？

身構えるアメリアだったが、王太子は意外なことを口にした。

「きみの能力を見込んで、いくつか作ってもらいたい薬があるんだ」

キースだけが帰され、王宮に残ることになったアメリアは再び机の上で釜をかき混ぜていた。

滋養強壮剤。

鎮痛剤。

睡眠導入剤。

――アメリアにとって最高の出来だと思うように作ってくれないかというのが王太子からの依頼だった。

「おそらく、離れで暮らすケイ殿下のための薬だろうな」

調薬するアメリアの手元を見ながら、訳知り顔でセドリックが言った。

「ケイ殿下？」

「お前、本当に世情に疎いんだな……。ケイ殿下はジェイド王太子殿下の兄だ。本来ならば第一王子であるケイ殿下が王太子位につくべきなのだが、身体が弱いために離宮で静養なされているんだ」

「へええ……。それって、秘密事項なんですか？」

「ケイ殿下が臥せっているのは有名な話だ。だが、病状は秘匿されているな」

頼まれた薬はどれも難しいものではない。王宮勤めの薬師に頼めば簡単に手に入りそうな代物ばかりだ。

そして王太子が頼んできたこれらの薬からは、何の病を治したいのかはわからない。

だが、わざわざアメリアに作らせるということは……。

「私の腕を試されているということでしょうか？」

「そうかもしれないな。もしかしたら、王宮の薬師として召し抱えられるかもしれない」

「ええ⁉　まさか……」

ありえないですよ、と笑いながらアメリアは材料を釜に入れていく。

高価な材料をふんだんに使ったパーシバル家のやり方ではなく、安価でシンプルな黒猫先生の作り方だ。アメリアの思う、最高によく効く薬の作り方である。

「ありえない話じゃない。お前はどこの学会や派閥にも所属していないしな。というか、どこかの研究所から誘われたりしていないのか？　てっきり俺は、お前が人付き合いが苦手だから断っているのかと思っていたが……」

学会などで、「ぜひうちの研究室に～」と言われることはあったが……。

（あれって、社交辞令じゃないの？）

「その顔を見るに、伯爵やキースが勝手に断っていたんだろうな。ふん、だがさすがに王家直々の申し出だったらあいつらが握りつぶせるわけもないだろう」

「はあ……」

「嬉しくないのか？」

　きゅるんとリスが小首を傾げる。

　大の男がそんな仕草をしても可愛くないが、小動物がやると反則級に可愛い。

　ついでに、大の男には話しにくいことも――小動物には言えてしまう。

「……よく、わかりません。パーシバル家の外で働くなんて、これまで具体的に考えたことがなかったので……」

　セドリックと結婚したって早々に離縁されると思っていたし。

　アメリアの居場所はパーシバル家、もしくは修道院くらいにしかないと思っていた。

　セドリックは大真面目な顔をして腕を組む。

「黙々と仕事をするなら研究所勤めの方がアメリアらしいかもしれないな。いや、孤児院に薬を持っていっていたくらいだし、マイペースに依頼を受ける方が好きか？　ともかくパーシバル家を出ればお前は自由だ。やりたいようにやればいい」

「自由……」

「俺の方もいろいろ考えておこう」

優しく言うセドリックにアメリアは不思議に思う。

「どうしてセドリック様が考えてくださるんです？」

「どうしてって……、王宮に勤めるなら新居は近い方がいいだろうし、公爵家に住むとなれば設備を整えた方がいいだろうしな！　婚約者なんだから当たり前だろう」

ゲフンゲフンと咳払いをしたリスは照れながら言う。

——こっちだってお前のような女と我慢して結婚してやるんだ。

——姉さんなんて早々に離縁されるに決まっているんだから。

そう言われ続けてきたアメリアは、初めてセドリックとの結婚生活を考えてみた。

誰からも怒鳴られたり嫌味を言われたりすることのない暮らし。

研究や仕事をしつつ、セドリックとも良いパートナーに……。

（良い、パートナーに。なれるのかな？）

少しずつセドリックに心を開いている自分がいた。

だが、リスになってから交流を始めたせいか、人間姿のセドリックと一緒にいるのを想像できないのが難点だった。むしろリスのままでいてくれた方が心が和みそうな気もする。

怒られそうなので言わないが。

調薬を終えたアメリアの元に王太子がやってくるのと、王宮勤めのメイドがやってきたのはほぼ同時だった。

なんでも、アメリアのためにお風呂の準備をしてくれたのだという。

「そんな、わざわざ……!?」

「え？　いや、僕じゃないよ？」

王太子の心遣いかと思ったら違った。

「弟君のキース様から、お帰りの際に依頼されたのです。アメリア様がお風呂に入りたがっていると伺い、ご用意させていただきました」

「キースが？」

スン、と自分の身体のにおいをかいでしまう。

「え……、私、臭いですか……？」

「ははは！　ああ失礼、レディが体臭を聞くなんて初めてで笑ってしまった」

「きっとお姉さまにゆっくり疲れを癒して欲しかったのではないですか？」

王太子には笑われたが、メイドがフォローを入れてくれた。

「まあ、せっかくだから風呂に入ってから帰るといい。……こちらの都合に付き合わせてしまって悪かったね。薬、どうもありがとう」

王太子は快活にそう言って去っていき、メイドはにこやかに「バスルームはこちらです」とアメリアを案内してくれた。

(キースがこんなことをするなんて、どういうつもりかしら)

王宮で風呂に入りたいなんてかなり図々しい娘だと思われそうだ。

とはいえ、パーシバル家では滅多なことでは本邸のバスルームを使わせてもらえない。

アメリアは基本、あの離れでぬるいタライ風呂だ。

そのせいでバスルームに連れていかれた瞬間、ごくりと唾を呑んでしまった。

なんて広々とした空間だろう!

大理石の床の上に置かれた猫脚のバスタブ。

バスミルクの垂らされた湯がなみなみと張られており、さらに贅沢なことに薔薇の花弁まで散らされていた。

あちこちにキャンドルが置かれている。今は明るいので必要ないが、きっと夜になったら明かりが灯され、さぞかし幻想的な癒しの空間になるだろうことが想像できた。

「お、お風呂だ……」

もはや迷惑かもとか遠慮した方がいいのではという思いは消え失せた。

ほど良く疲れた身体がこの癒しの空間に身を委ねたいと叫んでいる。

（せっかく用意してくださったのに断るのも申し訳ないし！）

これはもう——入るしかないだろう！

表情に乏しいアメリアだが、はたから見ても爛々と目を輝かせているに違いなかった。

「ささ、どうぞこちらへ。お手伝いいたしますね」

「あ、え、えと、一人でできます。大丈夫です」

「そうですか？　では、私は隣の部屋に控えておりますので、どうぞごゆっくりなさってくださいませ」

そうして二人きりにされてしまった。

ポケットから気まずそうにセドリックが顔を出す。

「セドリック様……」

「わかっている！」

ぴょこんと飛び出したセドリックは部屋の隅に吊られたカーテンの裏側へと入っていった。畳まれたタオルやバスローブが棚に入れられている。アメリアのためのタオルは脱衣籠に準備されているので、ここは予備をしまっておく場所なのだろう。

リスはタオルの中に頭を突っ込んだ。顔をこちらに向けていないというアピールらしく、ふっさりとした尻尾だけが飛び出た状態だ。

「覗かないがここにいるぞ！　まさか隣でメイドと一緒にいるわけにもいかないし、廊下で人に見つかってつまみ出されては困るからな！」

くぐもった声で力説するセドリックにアメリアはすんなりと同意した。

「わかりました。では、私は遠慮なく」

カーテンを戻すといそいそと服を脱ぐ。敷かれているマットはふっかふかだ。

爪先からゆっくりとバスタブの中に身を沈めると、柔らかな湯がアメリアを包み込む。口からは溜息が漏れた。

「ふわあああ……」

最高。極楽。身体が溶けるようだ。

薔薇の高貴な香りと共に、バスミルクからも薬草の匂いがした。

(いや、私の身体のにおいかも？)

毎日薬草にまみれて暮らしているため、身体に染みついているのかもしれない。手で湯を掬って身体にかける。

「はぁ……、……んんん、ああ、気持ちいい……っ」

うっとりとした声を出すとリスがやかましく咳払いをし出した。うるさいと言いたいのかもしれない。

帰ったらセドリックのことも湯に入れてやろう。リスの姿なので小さな手桶でじゅうぶんだろう。

（帰ったら……）

帰ったら、いつもの日常が待っている。

（なんだか贅沢しすぎちゃったな）

おいしいご飯を食べられて、お風呂にも入れて。パーシバル家を出たらこんな暮らしがあるのかも、なんて初めて考えた。

結婚のことも将来のことも何も考えてこなかった。

仕事に没頭するふりをして先延ばしにしていたけれど、アメリアが頑張れば「普通の暮らし」はもしかしたら手に入るのかもしれない。

（でもまずは、セドリック様を戻す薬よね……）

短時間ではあるが、すでに二回も人間の姿に戻っているのだ。その時の状況や原因を分析していけば、飲んでしまった薬を無効化できる方法が見つかるかもしれない。

（最初に戻った時は、薬草摘みの時で……、バスケットに入っていたのってなんだったかな……。ソレル？　ポプラ？　ええっと、あとは……）

雨で身体が濡れていたっけ……。

疲れが溜まっていたのか、心地よい湯の中で瞼が下りてきてしまう。

（考えるのは後ね。そろそろ出よう）

さすがに風呂に入りながら寝てしまってはまずい。

アメリアは上がろうとバスタブのふちを掴もうとした。しかし、

（あれ？）

身体がうまく動かない。

腕は持ち上がらず、バスタブを掴むことができなかった。

おまけに眠くて眠くて仕方がない。立ち上がろうとすると、つるりと尻で滑って湯の中に沈んでしまった。

（溺れちゃう！）

苦しいのにうまく這い上がれず、アメリアはじたばたと暴れた。

バスタブからこぼれた湯が、びしゃっ！　ばしゃっ！　と激しくタイルに跳ねる。

「……アメリア？　おい、遊んでいるのか？」

返事がないことに異変を感じたらしいセドリックが叫んだ。

「アメリア？　アメリア!!　──誰かすぐに来てくれ、アメリアが！」

「アメリア様!?　入らせていただきますね？」

セドリックの声が聞こえたらしくメイドが飛び込んでくる。彼女は風呂で溺れかかっているアメリアを見るなり、すぐに引き上げてくれた。

「アメリア様、大丈夫ですか!?」

「げほっ、ごほ……！」

　バスマットの上に倒れ込んだアメリアだが、相変わらず眠気は止まらず、身体に力が入らなかった。かけられたタオルで顔を拭うこともできずに噎せ続ける。

「のぼせられてしまったんですか⁉　すぐにお水を……」

「違、っ、あの、……お風呂に、何か入れましたか……？」

「えっ⁉　薔薇とバスミルクを……。あの、キース様が疲れがよくとれるバスミルクだとおっしゃいましたので……」

　キース！

　薬草の香りがするのは、自分の身体が薬臭いのかと思っていた。

　それを聞いたセドリックが即座に叫んだ。

「すぐに窓を開けてくれ！」

「キャアアアアッ⁉」

　メイドは叫ぶ。

　突如どこからか男の声が聞こえたら驚きもするだろう。一度目の時はアメリアが溺れかかっていたことに気をとられて叫ばれなかったようだが、ここはバスルームで、密室で、女性の入浴中だったのだ。

「誰かぁっ！　痴漢がっ……！」

「落ち着け！　俺はアメリアの婚約者、セスティナ公爵家のセドリックだ！　この部屋には毒物が充満している可能性がある。すぐに換気(かんき)を！」

毒という言葉にメイドは叫ぶのをやめた。

慌てて窓を開けて空気を入れ換(いか)えてくれる。

「人を呼んでアメリアをベッドに寝かせてくれ！　それから医者を！」

「は、はいっ！」

人を呼びに行こうとしたメイドは、はたと気付いたように急停止した。

「あ、あの、セドリック様の手を貸していただけませんか？」

別にわざわざ人を呼ばずとも、アメリアの婚約者であり医者でもある男がこの場にいるのだ。

「っ、俺、は……」

「そちらにいらっしゃるんですよね？」

メイドは声が聞こえた方に視線を向け、カーテンをめくろうとしたので――アメリアは慌てて声を絞(しぼ)り出(だ)した。

「人を呼んでください」

「え、でも……」

「……セドリック様は……、えっと……」

「すまないが俺は事情があって姿を現すことができないんだ。急いで他の者を呼んでくれないか！」

「わ、わかりました！」

メイドは大慌てでバスルームを出ていった。

入れ違いにリスがアメリアの元に駆け寄ってくる。

「アメリア、しっかりしろ！　くそっ、なんでこんな時に人に戻れないんだ！」

アメリアは眠くて眠くて仕方がなかった。

「睡眠薬、か、弛緩剤、の、類でしょうか」

弛緩剤だとしたら毒草として名高いクラーレか。

蔓植物で、樹液を煮て抽出する。正しく使えば麻酔薬になるのだが……。

「睡眠薬か弛緩剤⁉」

「まあ、死にはしないでしょう……。多分……」

風呂の準備をしてくれたメイドや、同じ空間にいたセドリックは大丈夫そうだ。

症状が出ているのは温かい湯気としてたっぷり吸ったアメリアだけ。さすがのキースも王宮で毒殺事件を起こすわけにはいかないだろうし、アメリアが溺れればラッキー程度に考えたのでは……。

「死にはしないって……、このままにしておけるか！」

（だめだ、眠い）

「アメリア！　っくそ、吐かせる術もないし、どうすればいい⁉」

「…………」

「……血液中の濃度を下げようと思ったら……、そうだ、…………‼」

ガチャンと何かが割れる音。

ぐい、と何かが口に押し込まれたのと、アメリアが意識を手放したのはほぼ同時だった。

「ん……？」

目覚めたアメリアはベッドの上にいた。

部屋の中は暗い。枕元ではリスが寄り添うように丸くなって眠っていた。

僅かな身じろぎで起こしてしまったらしく、飛び起きたリスはアメリアに近寄った。

「キュウ！」

「セドリック様……。サンザシの薬の効果が切れるくらい私は眠っていたんですね」

どうやら、一時的に意識を失っただけで済んだようだ。

「キュウ、キュウ、キュー！」

心配してくれているらしいが、何を言っているかはわからない。

その様子に少し笑ってしまいながら、立ち上がったアメリアはカーテンを開けた。サンザシの薬を探すくらいなら月明かりでじゅうぶんだろう。

畳まれた白衣のポケットから薬を取り出したアメリアだったが、近寄ってきたリスの姿を見て驚愕(きょうがく)した。

「セ、セドリック様⁉　どうされたんですか、その傷！」

リスのわき腹や腕には大きな切り傷がいくつもあった。

「キュ？　キュキュキュ、キュー……」

「まっ、待ってください。すぐ……」

薬を指に垂らして舐(な)めさせる。話せるようになったセドリックはすぐにアメリアの体調を尋ねた。

「俺のことはいい。気分はどうだ？　吐き気やおかしなところはないか？」

「え、ええ、平気です。それより、その傷！　いったい誰に……！」

兵士にでも見つかって傷つけられたのだろうかと慌ててしまう。

「これは自分でつけた傷だから心配いらない。お前のポケットに入ったままになっていたピンクソルトの瓶(びん)を落として割ったんだ」

「瓶を？」

「ああ。あの場には解毒剤がなかったから、ひとまず食塩水を飲ませて身体に入った毒素を薄めようと……。すぐにメイドたちが戻ってきたし、その後で水も飲ませてもらった」

何かを口に突っ込まれたと思ったら塩の欠片だったのか。

割った瓶から塩を取り出そうとしてセドリックは身体を傷だらけにしたらしい。

「毒消しとして念のために炭も飲ませてもらったし……。ともかく、無事で良かった……」

ほうっと息を吐いたリスに手を伸ばして、抱っこする。

「そういえばお医者さんでしたね」

「そういえばってなんだ。失礼な奴だな！」

怒るリスの身体を確認する。血は止まっているようだが、斜めに走った線は痛々しかった。

「ありがとうございます。助けてくださって」

「………。いや、何もできなかった」

セドリックは落ち込んだように目を伏せる。

「この身体では助けを呼ぶことしかできなかった」

「私一人なら、あのまま溺れてしまっていたかもしれません。だから本当にありがとうございます」

「アメリア……」

そうっとリスの背中を撫でてやる。しばらくはアメリアにされるがままに大人しくしていたセドリックだが、やがて撫で回されることに耐えかねたのか怒り出した。

「おい、もういい。俺を動物扱いするなっ」

「あ、すみません。お嫌でしたか？」

「嫌というか格好悪いだろう！」

「ふふっ、そうですか？　私は癒されますけど」

「！」

思わず笑ってしまったアメリアの顔を見たセドリックは再び身体を預けてきた。

「も、もう少し撫でさせてやってもいいが？」

「なんですか。どっちなんですか」

思う存分、もふもふの毛並みを楽しんだ後、一人と一匹は一つのベッドでぐっすりと眠ったのだった。

「とにかく、今後はよりいっそうキースを警戒しろよ！」

王宮から戻ってきて三日。セドリックは未だぐちぐちと文句を言い続けていた。

釜をかき混ぜるアメリアの側で、分厚い本を椅子代わりにして座っている。

「ああ、もう。思い出しても腹が立つ。パーシバル家に戻ってきた時のキースときたら……」

『あれ？　姉さんもう帰ってきたんだ。お帰り～』

王宮からの馬車で帰ってきたアメリアに、何事もなかったかのように声を掛けたのだ。

「しれっとした顔をしやがって……」

「まあ、証拠もないですし」

湯に溶けたバスミルクの成分を調べるように！　とあの場でセドリックはメイドに命じたらしいが、毒物が検出できるかどうかは怪しい。仮にもし検出されたとしても、キースがやったという証拠はないのだ。アメリアが自分で毒物を風呂に入れたのでは？　と言われてしまえばそれまでだ。

「……それよりも、セドリック様にとって不名誉な噂になってしまいましたね」

びく！　とリスが肩を強張らせる。

薬師の娘が溺れかけたことよりも、それを助けたのが「現在、連絡が取れずに行方不明とされているセドリック」であることのほうが話題だった。

セドリックはあの場で指示を出す際、『訳あって姿を現すことができない』と言ったのだが……。話を聞いただけの人は、セドリックがどこからかこっそりアメリアのバスルームに侵入した、あるいは壁に穴でもあけて覗いていたのでは？　となるわけだ。

「……すみません。私のせいで『覗き魔』などという称号を」

「くそっ！　キースめぇ～～！」

アメリアに当たれないセドリックは、ぷんぷん怒りながらクルミの殻の中に何かを詰め込んでいる。

「何をされているんです？」

「罠だ！　入り口のところにこれを置いて、キースがこの部屋に勝手に入ってきたら踏んでしまうようにする」

「はあ」

「くくく……。匂いのきつい薬草ばかり詰めてやったからな。踏んだら靴に匂いが染みつくぞ」

なんとかわいらしい仕返しだろう。

ちょっぴりバカっぽい……いやいや、リスの身体でできる精一杯の仕返しにアメリアの心は和んだ。ふふっと笑ってしまう。

笑われたセドリックは、自身の名誉を守るためか慌てて付け足した。

「言っておくがこれはリス姿でできる仕返しを考えただけだからな！　人間に戻ったらもちろんそれなりに制裁してやるぞ！」

「別に子どもみたいな仕返しだな、とか言っていませんよ」

「言っていないが思ってはいるんじゃないか！」

（私、人間の姿の時よりもリスの姿の時のセドリック様の方が好きだわ）

仲良しの友達がいたらこんな感じだろうかと思えるほどには、リスとの会話は気楽なものになっていた。一方で、人間姿のセドリックのことを思うとちょっぴり落ち着かない気持ちになる。のしかかられたり、抱きしめられたり。

（裸を見られたり）

恥じらいというか情けないというか……ともかく、いたたまれない気持ちになった。

長年ろくに会話もせず、デートすらしたことのないような私たちが——もう考えるのはやめよう。精神衛生上良くないので、心の中の釜に放り込む。

クルミ爆弾を作るセドリックを横目で見ながら、アメリアは釜の中身をかき混ぜた。

「セドリック様はこれまでに二度、人間の姿に戻られています。共通しているのは『サンザシの薬を飲んでいる状態で』『身体が水に濡れた時』ですね。ですが、先日のお風呂場での一件の時は元に戻りませんでした。よって、なんらかの薬草を摂取していることが必要不可欠ということになるでしょう。もちろん、薬の効力が切れかかっているだけという可能性も否定できませんが……」

とりあえずこれをどうぞ、とアメリアは濾過した薬を匙で掬った。

「これは？」

「薄荷水に漬け込んだシナモンと、乾燥させた牡丹とシャクヤクの花弁、マグワートで作った薬です」

「なぜこんな――沼のような色なんだ？」

「花弁の赤色とマグワートの緑が合わさった結果です」

「なぜこんな匂いなんだ？」

「主にマグワートですね。ヨモギの一種ですから、匂いはそれなりに」

「な、なぜこんな」

「……飲みたくないのですね」

なんやかんやと理由をつけて拒否するセドリックに察した。

アメリアでもちょっとためらう色、匂い、見た目だ。

「見た目はともかく、匂いがもう少しましになるように改良してみましょうか。そうなると、もう一度本邸の書庫に入りたいですね……。ただ……」

「ただ？」

「アカデミーが秋期休暇に入るので、リンジーとキースが一週間くらい本邸にいるんですよね……。鉢合わせしないといいのですが……」

夕食の前にささっと済ませるしかないか、と段取りを組む。

セドリックには留守番していてもらうことにした。見つかったら今度こそつまみ出されてしまうからだ。

仕事を片付けたアメリアは、計画通り、夕食前に書庫に向かった。
部屋に入ってすぐ耳を澄ませる。
誰かがいる気配はなさそうだ。
ほっとしながら、『魔女のレシピ』が遺してある棚へと向かう。

先日はキースが来たせいであまり確認できなかったが、古代呪術に使われている薬草の図録があったはずだ。あれが見たい。

だが、アメリアは棚を見て驚いた。

「えっ⁉」

棚の中身がごっそりとなくなっている。

「……嫌がらせかしら？」

そう思わずにはいられない。アメリアが調べたかった内容の書物はすべて棚からなくなっている。周囲を探してみても本を移動させたような形跡はなく、探そうと思ったら膨大な時間を要しそうだった。

「困ったわね。まさか捨てたってことはないでしょうけど……」

キースだろうか。この辺りをうろついて調べ物をしていたアメリアを困らせてやろうと思っているのかもしれない。しばらく探してみたがやはりわからなかった。

仕方がないので、本を諦め、夕食のために屋敷内を移動する。

二階にあるダイニングに向かうための階段を上っていると話し声が聞こえた。踊り場に誰かがいるようだ。

（リンジーとキース？）

男女の話し声にアメリアの足は止まる。

（わざわざ二人の前を通ったら嫌味を言われそうね……）

面倒ごとは回避。

踵を返しかけたアメリアだが、二人が話している内容に足を止めてしまった。知っている名前が聞こえたからだ。

「ねえ、どうしてセドリック様が行方不明になっているの？　あんた、ちゃんと作ったんでしょうね⁉」

声を落としているつもりだろうが、リンジーの高い声はよく響く。

（セドリック様の話？）

「落ち着きなよ、姉さん。行方不明じゃないって。王宮にいたんだろ」

「あんた直接見たわけ？」

「見ていないけど……。アメリア姉さんを助けたとかって噂じゃないか」

どうやら、王宮のバスルームで起きた一件の話をしているらしい。

アメリアは息を潜めて二人の会話に耳を傾けた。

「セスティナ公爵はしばらく王宮に詰めていらして家に帰っていないんだ。行方不明って大げさに言っているだけなのかも……」

「わたしが公爵家を訪ねたら、使用人たちは確かに『セドリック様はしばらく帰ってきていません』って言ったわ！」

「リンジー姉さんに会いたくない口実なんじゃないの」

「なんですって!?　それじゃあ薬も失敗ってことになるじゃないの！」

リンジーが声を張り上げる。

「本当だったらこの間の夜会ですぐに効果が出るはずだったのに……。王宮でアメリアを助けたのなら効いていないってことよね。ああ、もうっ、やっぱりあんたなんかに頼まなければ良かったわ」

「なんだよ、その言いぐさは！　リンジー姉さんができないっていうから僕が代わりに作ってあげたのに！」

セドリックは何者かに恨まれてリスにされてしまったのだと思っていたが……。

(原因はキースとリンジー？　二人はセドリック様に何を飲ませたの？)

言い争っていた二人だが、決定的なことはわからないまま、話は収束しようとしていた。

「とにかく、セドリック様が生きているってことはわかったんだ。消息不明のままよりずっとましな朗報じゃないか。……いい？　僕たちは何も知らない。余計なことを言ったり騒ぎ立てたりするのは絶対にやめてよ。わかってる？」

「わ、わかってるわよ……」

圧を感じるキースの声音にリンジーが押し黙る。

この機会を逃してしまえば、セドリックを元に戻す情報を得られなくなってしまうかもしれない。アメリアは思い切って声を掛けた。

「――今の話、どういうこと？」

「！」

二人の視線がアメリアの方に向く。

バツの悪そうな顔をしたのはリンジー。キースは動じることなく微笑んだ。

「やだなぁ、姉さん。盗み聞き？」

「……今話していたことはなんなの？　あなたたち、セドリック様に何をしたの？」

「別に何もしていませんよ。セドリック様が無事なことは姉さんだって知っているでしょう？」

「無事って……」

「王宮で一緒にバスルームにいたそうじゃないですか。噂でもちきりですよ」

キースはわざといやらしい笑い方をした。

「姉さんって意外と大胆だったんですね～。いくら婚約者とはいえ、男性をバスルームに招き入れるなんてどうかと思いますよ？」

「話を誤魔化さないで」

アメリアは一蹴した。

こちらの動揺を誘ってうやむやにするつもりらしいがそうはさせない。

「あなたたち、セドリック様に何かを飲ませたんでしょう。いったい、何を飲ませたの？」

「なんの話かわかりませんね。行こう、リンジー姉さん」

キースはこの場を去ろうとする。

アメリアはそれでも食い下がった。

「あなたたちがもしも、薬のことで困っているなら……。私なら助けてあげられるわよ⁉」

キースはぴたりと足を止めた。

（キースはリンジーに頼まれて何かの薬を作った。でもそれは失敗作だったんだわ）

二人にとって、セドリックが行方不明になることは予期せぬことだった。

ましてや、リスにしてしまうつもりなんて毛頭なかったのではないか。そうでなければアメリアのペットのリスを粗雑に扱ったりなんてできないだろう。

棚からごっそりなくなっていた『魔女のレシピ』。

アメリアを困らせるために隠したわけではなく、キースが自分の調薬した薬にミスがあったとしたら？

「お父さまに相談することもできずに困っているんじゃないの？」

強気に出たアメリアに、キースは振り返った。

スッと表情をなくした顔でアメリアの肩を掴む。

「……生意気だよ、姉さん」

押されたアメリアはよろめき、バランスを崩した。

（落ちる……！）

階段から足を踏み外したアメリアを、すんでのところで引き戻したのはキース自身だった。転落を免れて倒れ込むと、目だけは笑っていない顔で微笑まれた。

「疲れがよくとれるバスミルク、もう一度贈ってあげようか？」

「！」

脅しをかけて去っていく。

リンジーはバスミルクが何のことなのかわからない様子だったが、「あんたには関係ないんだから首を突っ込まないで」と捨て台詞を吐くと、キースの後を慌てて追いかけていった。

「遅かったな。どうした？ 何か見つかったのか？」

薄暗い部屋の中で大人しく待っていたらしいセドリックは、アメリアが帰ってくると心配そうに駆け寄った。

「いえ、……すみません」

「顔色が悪いぞ。また食事の席で何か嫌なことを言われたのか？　それとも、邪魔されて書庫に行けなかったのか？」

沈んだ表情のアメリアを心配そうに見上げている。

アメリアは夕食の席から持って帰ってきたミートパイをテーブルに置いてやった。

そしてすぐに白衣を羽織ると、棚の中や床に積んである本を漁った。

「……すみません。セドリック様をリスにした犯人は、どうやらリンジーとキースのようです」

「は⁉」

セドリックが驚愕した。

「な、ななな、なぜ……⁉　俺はあいつらに恨まれるようなことは何もしていないぞ！」

「ええ。セドリック様を害するつもりはなかったようです。リスにしてやろうと思って毒を盛ったわけではなさそうです」

「あの二人がそう言ったのか？」

「いいえ。認めませんでしたが、『キースがリンジーの代わりに薬を作った』『夜会の日に効果が出るはずだった』などという会話をしていました」

「そういえば……、俺が飲んだワインのグラスはキースに渡されたものだった！」

「二人ともセドリック様が行方不明になったことは予定外のようでした。バスルームの一件でセドリック様が王宮に現れたことを知り、『少なくとも生きていることはわかったんだから朗報だ』と。ですから、元々作ろうとした薬作りに失敗した可能性が考えられます」

「元々作ろうとした薬……。他には何か言っていなかったのか？」

「他ですか？　ええと、『王宮でアメリアを助けたのなら効いていない』とかなんとか。セドリック様を服従させたかったのでしょうか？　でも、『夜会の日に効果が出るはずだった』ということは即効性の毒？」

考え込むアメリアに対し、セドリックはごほんと咳払いをした。

「……自分で言うのもなんだが、惚れ薬じゃないのか？　普通に考えて……」

「惚れ薬」

「お前との縁談はうちの父が強引に進めたものだ。パーシバル家はリンジーと俺を結婚させたがっていたし、この数日間でリンジーが『俺とアメリアの仲を心配する心優しい妹』でないことはよぉくわかった。俺に一服盛って既成事実を作るつもりだったとか、心変わりをさせるための薬だったのではないのか？」

それなら、魔女のレシピに頼ったのも頷ける。

怪しげな薬の作り方などいくらでも遺されているのだ。仮に失敗したとしても、「たかが惚れ薬」とでも思ったのだろう。ちょっと動悸（どうき）が激しくなるとか、一時的に錯乱（さくらん）状態になるとか――まさか、人をリスにしてしまう大惨事（だいさんじ）が起きるなんて考えもせずに。

「惚れ薬？　惚れ薬。……そうだわ、マグワート！」

アメリアは大きな声を出した。

「やっぱり私の予想は当たらずしも遠からずだったんですね。惚れ薬の定番といえばマグワート。きっとキースが調合した薬にもマグワートが使われていたに違（ちが）いありません。セドリック様が元のお姿に戻っていたのは、きっと身体に吸収された成分と反応し合って、一時的に元に戻る何らかの作用が起きたんだと考えられます。ということは、これらの効果を打ち消すには」

「待て待て待て、落ち着け」

「落ち着いています、大丈夫（だいじょうぶ）です」

「ちっとも落ち着いていないだろう！　さっきからずいぶん饒舌（じょうぜつ）にぺらぺらと……。そんな姿、見たことないぞ！」

茶でも飲んで落ち着け、とセドリックは言った。

乾燥させた薬草がしまってある棚から器用にカミツレを持ってくる。

お茶を飲むためにはお湯を沸（わ）かさないといけない。セドリックにはできないのでアメリアが動かないといけないのだが——手掛かりは手に入れたのだ。早くセドリックを元に戻さなくては……呑気に茶など飲んでいる場合ではない。

アメリアが焦るのとは裏腹にセドリックはやけに落ち着いている。それが不思議でならなかった。

「どうしたんですか？　一刻も早くセドリック様を元のお姿に戻さねばと思ったのですが——まさか、戻りたくないんですか？」

「戻りたくないわけがないだろう！　だが、まあ……、今さら焦っても仕方がないということだな」

「確実に戻る方法を探せということですね。失礼しました」

「そうじゃない」

調べ物を続けようとするアメリアの手に、セドリックはカミツレを握らせた。

マーガレットのような可憐な花が咲く、陽だまりのような匂いのする薬草だ。心を落ち着かせる薬草としてはもっともポピュラーなものだろう。

「……お前こそどうした。俺のことでそんなに慌てるなんて、らしくない」

「え……」

「いつも冷静で、俺がリスになっても動じていなかったじゃないか」

それは確かにそうだ。

セドリックがリスになろうが、庭で猫に襲われようが、アメリアの知ったことではないと思っていたし、家族から押し付けられる仕事や自分の用事を優先してきた。

「……そういえば、そうですね」

この気持ちは、妹弟が迷惑をかけてしまったことへの責任感？

息子を心配している公爵への申し訳なさ？

婚約者であるセドリックへの愛……ではないし。

どれもしっくりこない理由に首を傾ける。

「なぜでしょうね。セドリック様にはいろいろと助けていただいたからでしょうか」

キースに対して怒ってくれたり心配してくれたり、ずいぶん親身になってくれた。

「それは……。これまで俺がお前に冷たくしてしまったことを思えば足りないくらいだ」

「別に、元の姿に戻るために私の機嫌をとっておこうと思って味方してくれたわけではないですよね？」

「当たり前だ」

「……それが、嬉しかったんだと思います」

気を遣いそうで面倒だなあと思った共同生活も、蓋を開けてみればまあまあ楽しかった。

一人で黙々と作業をするアメリアに「そろそろ寝た方がいいんじゃないか」と声を掛けてくれる相手がいることや、気鬱な夕食を済ませた後に部屋に話し相手がいてくれること。

独りぼっちだった頃には知らなかったことだ。

今はセドリックのことを「どうでもいい」とは思えないし、元の姿に戻してあげたいと素直に思える。

「そうか、わかりました」

「何がだ」

「このセドリック様への気持ちの正体です」

「き、気持ちの、正体？」

「はい」

あたたかく、ぽかぽかした気持ちの正体は――

「私……、セドリック様のこと……」

「ま、待て！　アメリア！　その先は言わなくていい！」

なぜかリスは続きを聞くことを拒否した。

「その先は、俺が言うべきことだ。だから、今はまだ言わないでいてくれないか」

「え？　はあ……」

戸惑うアメリアにリスはキリリとした顔で宣言した。

「人間に戻ったら、俺もお前に言いたいことがある。お前の気持ちはその時に聞かせてくれ！」

そう言って机に駆け上がったセドリックは、小瓶に入れておいた泥色の薬（人間に戻す薬：試作品第一号）の蓋を開けると、酒でも煽るようにぐいっと飲んだ。

（そんなにもったいぶった話じゃなくて、『友人のように思えてきています』って言いたかっただけなんだけど）

セドリックを見る。

すべてを飲み干した彼は、そのままの体勢で固まっていた。

「セドリック様？」

返事はない。

と、思ったら盛大に薬を吐いてぶっ倒れた。

「ええっ、セドリック様!?　セドリック様――――!!」

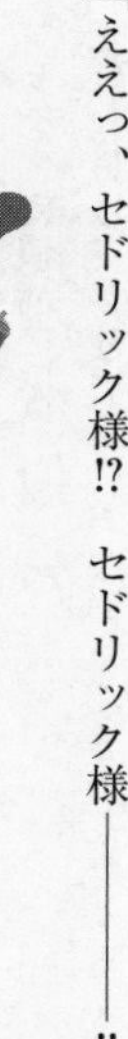

――キース様、コストナー卿がお見えです。
使用人に耳打ちされたキースは、やや緊張した面持ちで応接室に向かった。
今日は父と母が不在のため、客人の応対はキースの仕事になる。
コストナー卿……、フレディだ。つい先日王宮に招聘されたこともあり、また何かトラブルでも起きたのかと身構えてしまう。

　フレディはというとソファに座ってゆったりとくつろいでいた。彼からしたら十三歳の少年なんて別段緊張して待つような相手ではないのだろう。

「フレディ様、今日はどうされたんです？　もしやまた……王宮で薬が必要に……？」

「ああ、キース君。こんな時間に突然お邪魔してしまってすまないね。パーシバル夫妻も不在のところ、図々しく上がり込んでしまって申し訳ない」

　フレディは快活に微笑む。

「実は今日はアメリア嬢にお会いしたくて来たんです。ジェイドが——ああ、失礼。王太子殿下からアメリア嬢への言伝があってね」

「そうなんですか」

　フレディは王太子とずいぶん親しいらしい。

用件に釣り込まれたキースだが、感情表現が比較的わかりやすいセドリックとは違い、フレディはどこか底知れなさがある。同族嫌悪とでもいうべき勘が働く。

　キースは残念そうな表情を作った。

「すみません。姉は体調が優れないと言っておりまして……。先ほど、眠ったところなんです」

「そうでしたか。では起こすわけには参りませんね」

「ええ。もし僕で良ければ、代わりに姉に伝えておきますよ」

「………………」

親切めかしたキースの申し出にフレディは微笑み……、

「いえ。アメリア嬢が回復された頃に日を改めることにします」

「そうですか。ご足労いただいたのに申し訳ありません」

さすがに口が堅いな、と内心で舌打ちした。これがセドリックだったら簡単にキースに託しただろう。

「キース、お客様？　あらまあフレディ様ではありませんか」

「やあ、リンジー嬢。ご機嫌麗しゅう」

耳が早い姉がすかさずやってくる。ちゃっかりお気に入りのドレスに着替えているリンジーは青ざめた顔でフレディを見上げた。

「フレディ様……。セドリック様が行方不明って聞きましたが本当ですの？　わたし、心配で心配で夜もよく眠れませんわ……」

「残念ながら何もわかっておりません。……まったく、セドリックの奴、か弱いご令嬢をこんなに心配させるなんて。帰ってきたらリンジー嬢のことをよく伝えておきますよ」

「ええ。何かわかったら教えてくださいませね」

婚約者面したリンジーがぎゅっとフレディの手を握っている。

したたかな姉を横目に、キースは欲しかった情報を得られて思案を巡らせた。

（セドリック様、まだ見つかってないのか）

これ以上騒ぎが大きくなれば、キースも事情を聞かれたりするのだろうか。

じりじりとしたものがキースの胃を焼く。呑気にフレディに慰められているリンジーを見ると苛立った。

（そもそもこんなことになったのはリンジー姉さんのせいだろ）

キースはリンジーに頼まれた薬を作っただけだ。

材料通り、手順通りに……。なのに、失敗したとわかった途端に自分は知らんぷりだ。

「セドリックの件で進展があったらすぐに連絡するよ。リンジー嬢もキース君も、どんな些細なことでもいいから何かわかったら教えて欲しい」

フレディは長居する気はないらしい。

うまくリンジーをあしらうと、あの何もかも見透かすような瞳をきらりと光らせて帰っていった。——かのように見えた。

「大丈夫ですか、セドリック様？」

「うっ……もう……いっそのこと殺してくれ……」

　アメリアは小屋の裏でゲーゲー吐くリスの背中をさすってやる。

　薬を飲んだセドリックは弱っている姿を見せたくないらしく、一人で出ていこうとしたのだが……。外をよたよたと歩いている小動物など、鳥や猫の格好の獲物である。

「屈辱だ、婚約者にこんな姿を見られるなんて……」

「どうとも思っていませんから大丈夫ですよ」

「それはそれでどうなんだ！　お前の薬のせいでこんな目にっ～～～……」

「はいはい。吐いてくださいね～。お水も飲んでくださいね～」

　風通しの良い外で介抱してやっていると、がさごそと茂みが揺れる音がした。徐々に近づいてくる音に身構える。

（猫？　犬？　ううん、もっと大きい……）

　まさか家の庭に狼が出るわけがないし……。警戒するアメリアとセドリックの前で音が止まったかと思うと、茂みの中からがばっと人が立ち上がった。

「よいせー！」

「きゃあああ!?」

　驚いて腰を抜かすアメリアと、具合が悪いはずなのにアメリアを守るように咄嗟に立ちはだかるセドリック。茂みから出てきたのはなんとフレディだった。

「え、ふ、フレディ様⁉」

「やあ、アメリアさん。寝込んでいると聞きましたが元気そうですね」

「へ？」

「ああ、いえいえ。お元気なら別に良いのです。ところで、話し声が聞こえたんですが、どなたかと一緒でしたか？」

葉っぱを払いながら話すフレディに警戒心を抱いてしまう。

「いえ……、私一人ですが」

「そうでしたか」

「フレディ様は、我が家に何か御用ですか？」

「アメリアさん宛に王太子殿下からの伝言を預かってきてるんだ。……でも、どっちかっていうとそれは口実で、アメリアさんがセドリックと会ったらしいって噂を聞いたから、ちょっと内密に話がしたいなと」

噂になったバスルームでの一件は、アメリア自身は『朦朧としていてよく覚えていない』と証言していた。セドリックがあの場にいたと言うとややこしい事態になるからだ。

フレディは澄んだ青の瞳でアメリアを見つめた。

「セドリックのこと……、本当に見ていない？」

「見てま、せん」

「本当に本当？」

「本当です」

まるでアメリアが嘘（うそ）をついていると疑っているようだった。

（正直に見たと言った方がいいのかしら）

悪いことなどしていないのに、なんだか怪しまれているみたいだ。

たじろぐアメリアを守るように「チチッ！」とリスが鳴いた。フレディに何も言うな！と言わんばかりだ。

（セドリック様をリスにしたのはキースとリンジー。フレディ様は無関係のはずよ）

だが……。

セドリック曰（いわ）く、フレディは『セドリックがいなくなって最も得をする人間』。

「アメリアさん、セドリックを庇（かば）っていたりする？　あいつに頼まれて、行方をくらませるのに協力してたりしない？」

「まさか！　そんなことしていません」

「ふうん、そっか？　それならいいけど……」

しつこく聞いてくるフレディに、アメリアはつい聞いてしまった。

「なぜ、セドリック様のことをそんなに気になさるんですか？」

「なぜ？」

薄闇の中、フレディの瞳に不穏な光が宿ったように見えた。

エンザ症の薬を依頼しに来た時、王族に飲ませても危険はないかと威圧してきたことを思い出した。優しげに見えても、この若さでセスティナ公爵の補佐を務められるくらいの切れ者なのだ。

（セドリック様にいなくなって欲しいと思っていたりするの？）

「なぜって、そんなの……」

フレディは――がし、とアメリアの肩を摑んだ。

「心配だからに決まってるじゃん!!」

「………へ？」

「セドリックってさ～ほんと可愛いんだよ！　あいつ、俺に跡継ぎの座を取られるんじゃないかってずいぶん焦っていてね。ついつい俺も焚きつけて煽っちゃったりしたから、拗ねて家出しちゃったのかと思ってさ～」

ものすごく真っ当な理由だった。

蹴落とし蹴落とされの関係かと思っていたが、少なくともフレディは真剣にセドリックを心配しているようだった。

「何やってるんだろうね、あいつ。仕事を放り出して失踪するなんて、評価もどんどん落ちちまうよ！」

「あの……もしもこのままセドリック様が見つからなかったら、フレディ様がセスティナ家の跡取りになるのですか？」

「え？　それはナイナイ。俺、恋人（こいびと）の家に婿（むこ）に入ることが決まってんの」

あっさりと否定される。

リスはぽかんとしていた。敵対心を持っていたのはセドリックだけだったのだ。

「とにかく、何か少しでもセドリックの情報がわかったら教えてね！　絶対だよ！」

そう言ってフレディは来た時同様に茂みに潜（もぐ）り込んで帰っていった。

「……フレディ様、良い方でしたね」

「そんな馬鹿な。あいつは顔を合わせるたびに、俺に嫌味を……家督（かとく）を狙（ねら）っているんだとばかり……」

「それだけセドリック様に期待されていたんでしょう。この場で正体を明かして助けを求めたら良かったのに」

「ぐっ……、そんなことをしたら間抜（まぬ）けだなんだと笑われるに決まっている……！」

フレディに対し並々ならぬ敵愾心（てきがいしん）があるらしいセドリックは苦悶（くもん）していた。

ふと、視線を感じたアメリアは顔を上げる。

本邸の窓からはキースがこちらを睨（にら）んでいた。

　ナイフが要らないくらい柔らかく煮込まれた肉を咀嚼しながら、キースはじりじりと胃が焼けるような気持ちでいた。

　テーブルの端の席に座ったアメリアは、悪戦苦闘しながら固い肉を切り分けている。

（むかつく）

「……それでね、お父さま。休暇中の課題が少し難しくてぇ」

　隣ではリンジーが甘えた声で父に助言を乞いだす。

「それなら代用品を使えばじゅうぶん事足りるだろう」

「まあ、さすがアナタ。お父さまに相談して良かったわね、リンジー」

　機嫌のいい父がアドバイスを送ってやり、母は父を称賛する。

（……むかつく。むかつく、むかつく……）

　キースは苛立っていた。

　立ち話を盗み聞きして食ってかかってきたアメリアは生意気だった。王宮で活躍したからと調子に乗ったのかもしれない。

　それから、くだらない課題ごときで父に助言を求めているリンジー。父からの助言なら自分の方が欲しいくらいだ。

——古代の、魔女のレシピについて。

リンジーがキースに作るように依頼したのは、先祖が調薬法を残した惚れ薬だった。

書庫で見つけたという恋する乙女の日記には、惚れ薬の作り方と、……それを飲ませた意中の相手とのラブラブエピソードが詳細に書かれていた。どうもリンジーはそのこっぱずかしい恋愛小説並みの日記を鵜呑みにしたらしい。

作者はE・F・P。そんなものを後生大事に蔵書として保管するなよと言いたい。僕は一生日記なんか書かないぞ。

その日記を全部読む気も起こらなかったキースは材料だけメモして書庫に返した。眉唾物だろうと思う材料ばかりだったし、当然惚れ薬だなんて信じていない。セドリックに飲ませたところで、多少興奮するとか、判断力が鈍るとか、その程度だと思っていたのだ。

(なのになぜ、セドリック様は行方不明になってしまったんだ)

材料に見落としがあったのかもしれないと思ったキースは、書庫に行って例の日記を探したが見つからなかった。リンジーも持っていないという。ならばアメリアか——と留守中に部屋を漁ったが見つからない。

仕方なく、怪しげなレシピが書かれた本をごっそりキースの部屋に持ち出し、一冊一冊調べる羽目になっている。

（なんで僕一人が成績にもならないことをこんなにも頑張らなくちゃいけないんだ）

いっそ父に聞いてみようか。

——お父さま、ご先祖さまの薬って本当に効果があるんですか？

——別に作ろうとは思っていませんよ。ほんのちょっとした、学術的興味で。休暇中暇なので実験でもしてみようかなって。

父は今日、機嫌がいい。言うなら今だ。

「あ、あの、お父さ——」

「——王家から感謝状が来た」

タイミング悪く、咳払いと共に改まった口調で話し出した父に、キースは口を閉ざさざるを得なくなってしまった。出鼻をくじかれてしまう。

「先立ってのエンザ症の治療薬のおかげで、王妃殿下の後に体調を崩した者もすぐに良くなったらしい」

「そうなんですか。それは良かったですね」

「ああ。それでだな」

父がキースの方を向いた。

「王家が補助金を出すから、安定して供給ができるようにせよとのことだ。エンザ症は毎年のように流行するからな。早めに治療ができれば蔓延させずに済むだろうとセスティナ公爵からの助言もいただいている」

　つまりはパーシバル家の新たな事業というわけか。

　名誉なことだ。これでいっそう、パーシバル家は薬学の分野において一目置かれるだろう。大手柄だ。姉が。キースじゃない。だが父は頑なに姉の方を見ようとはしない。

「まあ、すごいじゃないキース」

「本当ね。誇らしいわ」

　リンジーと母の称賛も白々しい。

　姉を無視すればするほど、かえって姉の手柄であることを認めているかのようだった。

　当の本人は王家の名前が出た時に手を止めたものの、すぐに何事もない顔をして食事を再開していた。まるで自分には関係がないとでも思っているような顔だ。

　せめてもっと悔しがるなり、不平不満を口にすれば、それを見て馬鹿にできるのに。

「それと、セスティナ公爵家から使いが来たのだが――ご子息のセドリック殿が我が家に来ていないだろうかとのことだ。お前たち、何か知っているか？」

「ああ、その件なら王宮に行った時にも公爵から直接尋ねられました。残念ながら僕もリンジーも何も知りません」

「………」

そこでようやく――姉はキースの方を見た。

嘘つき。

そう言いたげな瞳だ。

王家からの話には何も言わなかったくせに、セドリックの話の時だけ物言いたげな視線を送ってくる姉……。キースはピンときた。

（へえ。本当に心配しているんだ？）

セドリックからあんなにも冷たくされていたくせに、実は好意を寄せていたのか？

（ってそれはないか。姉さんにとったら、この家から逃げられる唯一の手段だもんね）

アメリアの才を見込んだ勧誘の類はすべてキースが父に進言して断らせている。

（セドリック様と結婚したら、すぐに離縁されるようにしてやるつもりなのに……。結婚に夢見てるなんて馬鹿な姉さん）

――そうだ。

キースはひらめいた。

『薬のことで困っているなら……。私なら助けてあげられるわよ⁉』

そこまで言うのなら、アメリアに作ってもらえばいい。

セドリックに飲ませてしまったのと同じ薬を作らせ、問題点を指摘してもらう。なんなら解毒剤も作らせよう。うっかりセドリックが死んでしまっていたら証拠隠滅のために時間もかかるし、トラブルが起きているのならセドリックを救いに行き、感謝されるように仕向ければいい。

睡眠薬入りのバスミルクでも悪運強く生き残った姉さん。

生意気だと階段から突き落とさなかったのは、姉にはまだ利用価値があると思ったからだ。キースがアメリアの方を見ると非難するような鳶色の瞳と目が合った。

──そんなに知りたいなら、教えてあげる。

キースは挑発的に笑った。

「どういう風の吹き回し？」

いつも通り、一足先に食事の席を立ったアメリアだったが、なぜかキースが追いかけてきた。「話がある」、そう言って。

「ここじゃ、ちょっと。僕の部屋に来てくれる？」

「どうして？」

「わかるだろ。……父さまに聞かれたくない話なんだ」

やはりアメリアが思った通り、キースはセドリックが行方知れずになってしまって困っているのだ。まさかリスになっているなんて思いもせず、アメリアが「キースとリンジーがセドリック失踪について何かを知っている」と父やセスティナ公爵に訴えるのではないかと危惧している。

(ただ……)

　キースの部屋で二人きりか。

ろくでもない目に遭わされるのではないかと躊躇する。

(でももし、私の身に何かあったらセドリック様が気付いてくれるわ)

いつまでも帰らなかったら何かを察して探しに来てくれるだろう。

サンザシの薬はアメリアの部屋にじゅうぶんある。公爵家に帰って事情を話すことだって容易い。頑なに公爵家に帰りたがらないセドリックだが、アメリアの身に何かあればさすがに帰るだろう。

「警戒してるの、姉さん？　別に殺そうとは思ってないから安心して？」

「………」

　そんなセリフ、もう信用できない。

睨むとキースは肩を竦めた。くしゃりと前髪を乱し、溜息をついて口を開く。

「……正直、参ってるんだ。本当は姉さんの手を借りるなんて不本意だけど……、助けてくれたら、エンザ症の治療薬を開発したのは姉さんだって社交界で広めてあげる。父さんにも姉さんの功績になるようにしてくれって進言するよ」

功績なんてどうでもいいが、アメリアはキースから情報を得るために取引に応じるふりをした。

「約束よ。それと、私から盗んだ論文やレポートも返して」

「わかった、返すよ。代わりに僕が失敗した馬鹿げた薬のことも内緒にしてくれる？」

「……ええ、わかったわ」

大人しく従い、キースの部屋に通される。そこは立派な二間続きの部屋に広々とした研究デスクが置かれた豪華な部屋だった。入るのはもちろん初めてだ。

「やっぱりこれくらいの広さがないと落ち着けないよね」

キースは姉弟格差をアピールするように嫌味を言ったがアメリアは無視をした。

「それで？　あなたは何を作ったの？」

「……どうぞ」

メモを渡される。それはセドリックが予想した通り、惚れ薬の調薬法だった。

「言っておくけど、僕はリンジー姉さんに頼まれて作っただけだからね。月光にさらしたチューベローズとか、黒イモリの粉末とか……、こんな古臭い調薬法、どこから引っ張り出してきたんだか。たいして頭も良くないのに公爵家に嫁ぎたいからって必死だよね、馬鹿みたい」

「でも、あなたはリンジーに協力したんでしょう？」

「ふん。リンジー姉さんが公爵家に嫁いだ方が、僕にとっては色々と都合がいいと思っただけだよ。なのに、肝心(かんじん)のセドリック様が行方をくらましてしまうなんて……」

目論見(もくろみ)が外れ、二人は知らんぷりを決め込むことにしたらしい。

公爵家の嫡男(ちゃくなん)に薬を盛ったなんて、バレたらただごとでは済まされないからだ。

「材料はある。姉さんなら同じものを作れるよね？」

「……作れるわ」

「悪いんだけど作ってくれる？　打ち消す作用の薬を作ろうにも、まずはこの薬を再現してみないと、どこがどう悪かったのかわからないでしょ？」

「そうね。わかったわ」

その覚え書きさえあればどうしてこんな薬ができてしまったのかがわかる。

素直に渡してくれたキースにほっとした。すると、気を緩(ゆる)めたアメリアの左手に、

――ガチャン！

「なっ……」

冷たい金属製の手錠(てじょう)をかけられたので驚いてしまう。長い鎖(くさり)で繋(つな)がれたもう片方は作

り付けの本棚に引っ掛けられた。

「ちょっと、キース！　なんのつもり⁉」

「この部屋を貸してあげるから、ここで作って。姉さんがうっかりセスティナ公爵に密告っちゃったら困るからさ」

「…………」

「ね？　やってくれるよね？」

「……わかったわ」

ぎゅっと拳を握ったアメリアは返事をした。それ以外の選択肢はないのだ。

「良かった～。僕、姉さんの邪魔にならないように今夜は別の部屋で眠るね？　明日の朝までには作っておいてくれると助かるな」

キースはご丁寧にも部屋の鍵までかけて出て行った。

作業台も材料も手が届く範囲にある。禁書の棚からなくなったと思っていた魔女のレシピ集は、やはりそっくりそのままキースの元にあった。参考資料としてアメリアの手が届くところに置いてある。もしも調剤に迷うことがあっても、アメリアならここから正解を見つけられると考えているのだろう。

「……作るしかないわね」

どうせこんなことになるだろうと思った。キースの誘いに乗った時点で覚悟はしていたので今さら動揺はしない。

ともかく「答え」は手に入ったのだ。さっさと作って解放してもらおう。

アメリアはメモを見ながら、回りくどく、独特な言い回しで書かれている材料の手順を一つ一つ確認していった。

「月光にさらしたチューベローズ……、満月の日が望ましいと書いてあるわね。いつ月光にさらしたのかしら。それから黒イモリの粉末……あの子ってば市販品を使ったわね。調薬用ではなく実験用に作られた粉末は粒子が大きすぎるわ。それから、恋する気持ちを念じたマグワート……。本当にこんなものでリスになる薬ができてしまったの?」

どう考えてもお腹を壊しそうな代物しか出来上がらないだろうという材料だ。

だが、アメリアがきっちりと指示通りに『釜を十三回かき混ぜた後にチューベローズを入れる』と釜の中の水面が淡く光った。

「………?」

次に黒イモリの粉末……。指示よりも粗い粉末を入れると、今度はさっきよりも強く釜の中身が発光する。

「これは……」

何が起きているのだろう。こんなことは初めてだ。

『とろ火でかき混ぜずに十三分』の指示なのをいいことに、砂時計をセットしたアメリアは猛然と古代魔術の書を漁った。

（材料を入れたら薬が光るなんて怪しすぎるのだけれど⁉　まさか、これって本当に魔法の薬？　誰が考えたのよ、こんな薬……！）

パーシバル家は魔女の家系。

あんなのは単なる社交界での渾名で、皮肉られているだけで、ただ面白おかしく揶揄されているだけで——まさか本当に魔女の血を引いているわけが……。

キースが持ってきていた魔女のレシピ集の一角が崩れ、黒革の表紙の本がアメリアの前に現れた。

「この本は……」

もう一度見たいと思っていた図録だ。

ページをめくると、あの前書きが目に入った。

【この本を開きしもの、己の欲に呑み込まれぬように注意されたし。

全ては汝の手の中に。　　E・F・P】

E・F・P。

——エリーザベト・F・パーシバル？

「まさか、あの人の書いた本？」

夢の中で幼いアメリアに薬の作り方を教え、薬草を見分ける能力を与えてくれた不思議な女性。

彼女との会話を思い出す。

『わらわの血を継ぐ子。まだ目覚めないの？』

『そなたに魔女の祝福を与えよう。もしもアレを見つけたら正しく使えよ？』

『よいか？　呪文は……』

——アルス・サノ・マグナ。

アメリアが呟くと黒革の本はカッと光った。

丸い葉がページとページの間から栞のように現れる。開いたページは、奇しくも以前見ていた人魚草について書かれたページだった。

「人魚草？　本物の？」

手に取ってみると、本に描かれている図とそっくり同じだ。

葉も茎も摘んできたばかりのように瑞々しい。

「この本から現れたの？　そんな魔法みたいなことがあるわけないわよね？」

試しにもう一度、今度は「マグワートが欲しい」と念じながら呪文を唱えると再び本が光り、別のページから薬草が現れた。

「……すごい」

本物の魔法の書。まさしく魔女の書だ。

（これさえあれば、どんな薬草も呼び出せるんだわ）

希少な薬草や高価な薬草だって手に入る。

これほどまでに興奮したことがあっただろうか。

アメリアは感動で震える手で本のページをめくろうとしたが、手が滑って床に落としてしまった。慌てて拾い上げると、ぺらりと開いた前書きが警告のようにアメリアの目に刺さった。

この本を開きしもの、己の欲に呑み込まれぬように注意されたし。

……もしもアレを見つけたら正しく使えよ？

「――アメリア！」

飛び込んできた声に正気に返る。

天井に近い明かり取りの窓の外にリスがいた。

「セドリック様⁉」

窓の外にいるリスはアメリアに一番近い窓に移動しようと頑張っている。手枷を嵌められているアメリアも釜をかき混ぜていた杓子(しゃくし)を使ってどうにかこうにか窓の鍵を開けた。

「あ、釜……！」

ぼうっとして煮込みすぎそうだった釜の火も慌てて消した。このまま『三十分ほどかき混ぜずに冷ます』。

入ってきたセドリックは心配そうにアメリアの元へ駆け寄った

「ちっとも帰ってこないと思ったら……！　何を作らされている？　キースがお前をここに閉じ込めたのか⁉」

「ええ……」

アメリアは落ち着いて答えた。

「やはり、セドリック様が夜会で口にしたのは、リンジーがキースに頼んで作らせたという惚れ薬でした。今、失敗の原因を調べるためにそれを作らされているところです」

「だからって手錠までかけるのか⁉　どうかしている！」

「まあ、我が弟ながら私も同意です……」

いったい何の目的で手錠(こんなもの)を部屋に常備していたのかと思うと、ろくでもなさに眩暈(めまい)がしそうだ。それはそれとして。

「セドリック様がリスになってしまった原因はわかりました。キースはかなり適当に調薬をしたようで、使った材料はほぼ手抜きです。シイの実を使うようにと書いてあるのに、ここにあるのはナラの実ですし」

「どんぐり……」

「ええ、見た目はどちらもどんぐりですから間違えたのでしょう。その他もろもろの雑さが合わさった結果、惚れ薬ではない別のなにか——人をリスに変えてしまう薬ができてしまったようですね」

「そんな馬鹿な！」

セドリックは突っ込みを入れた。

少し前であれば、アメリアも「そんな話があるか！」と突っ込みを入れただろう。だが、今はそんな気持ちにはなれない。呪文を唱えただけで材料を喚び出す書があるのだ。

（パーシバル家は本物の魔女の家系なんだわ。私には魔女の血が流れている。と、いうことはおそらくキースにも……）

多かれ少なかれ魔女の血を引く人間が怪しげな薬を作った結果、魔力が宿ってしまったのだろう。

「……あの、セドリック様。これを」

アメリアは手に入れたばかりの薬草を渡した。

「これは？」

「人魚草です。セドリック様を戻せそうな薬草だと考えていたものが……、偶然手に入ったので」

「ああ、手に入れるのが難しいと諦めていたあれか。この部屋にあったのか？」

アメリアは僅かに悩んだ。

悩んで、嘘をついた。

「はい。迷惑料ということで貰ってしまいましょう。キースに見つからないようにどこかに隠しておいてもらえませんか？」

「お前が作ってくれた薬に混ぜてみてはだめか？　強い毒消しなのだろう？」

「止めはしませんが……。また失敗して気絶してしまうかもしれませんよ。明日には戻りますし、無理に試す必要はありません」

セドリックはじっとこちらを見上げて、呆れたように溜息をついた。

「こんな時でも冷静なんだな。普通は『一か八か試して、助けに来てください』と言ってもいいところだぞ」

「慣れていますからね」

「またそれか」

「慣れていますけど。……でもなんとなく、セドリック様が心配して探しに来てくれるんじゃないかって思っていました」

「当たり前だろ」

力強く言い返されて、アメリアは微笑んだ。

いつの間にか、アメリアはこの家で独りぼっちじゃなくなっていた。

理不尽(りふじん)な目に遭うのは「慣れている」。でもそれは、これまでのような諦めの気持ちではない。慣れているから、冷静に対処してやろうという反骨精神のようなものがアメリアに芽生えていた。

(セドリック様を元の姿に戻せたら、私はこの家を出ていこう)

負けん気の強いリスと一緒に暮らしていたせいで、すっかり感化されてしまったのだろうか。

「少しの間待ってろよ、絶対に助けに来るからな」

「大丈夫ですよ。明日には解放されるはずですし……」

「いいから。助けると言ったら助ける」

遮(さえぎ)るように言ったセドリックは、恋人みたいな声音で続けた。

「たまには俺を頼れ」

「……はい」

人魚草を抱(かか)え、リスが部屋を飛び出す後ろ姿をアメリアは見送る。

可愛らしい見た目のくせに、頼りがいのある人間の時の姿が見えたような気がした。

「………」

アメリアはエリザの遺した魔女の書を手に取る。
そして——複数ある本の中に無造作に埋めると、調薬中の釜へと向き直った。

五章　薬師の矜持

カーテンの隙間から差し込む光が眩しくて目を眇める。

机に突っ伏して眠ってしまっていたアメリアは身を起こした。

「朝……」

いつの間にか夜は明けていた。開いたカーテンの隙間は、昨夜セドリックが出て行った時のままだ。がちゃがちゃと部屋の鍵を開ける音が聞こえて顔を上げると、にこやかな笑顔でキースが入ってきた。

「おはよう、姉さん。成果はどう？」

アメリアの前には調合瓶に入れた薬が置いてある。

キースは感嘆の声を上げた。

「さっすが姉さん！　きっちり仕上げてくれるなんて優秀だなあ。とりあえず、実験用のラットも手に入れてきたことだし、さっそく実験ができそうで助かったよ」

ネズミを入れているらしいゲージを床に置き、キースは薬を手に取る。

完成した薬は毒々しい赤色だった。混ぜて飲ませるとしたら赤ワインくらいしかないだろう。匂いも甘い。そのあたりもセドリックの証言通りだった。

「キース、私は約束を守ったわ。部屋に返して」

「もう少し付き合ってよ。ラットを使った研究結果、姉さんも見たいでしょ？」

見なくてもわかる。

それを飲んだセドリックがどんな目に遭ったか——アメリアは腹立たしい気持ちでいっぱいだった。

「いいえ、結構よ。こんな失敗品、見る価値もないわ」

「……失敗品？」

キースは眉を吊り上げる。

「失敗したの？　それで部屋に返せとか言ったの？　何様？」

アメリアは同業者としてはっきりと忠告した。

「薬師失格よ。あなたの用意した材料、すべて手抜きだったわ。研究だってそう。私のレポートを盗んだところで、それはあなたの成果にはならない。ここで心を入れ替えないと、あなたは自分の作った薬で大勢の人を殺しかねない」

「……なに、姉さん。どうしちゃったの」

キースは笑う。

「なに急に正義感に駆られているの？　ばっかみたい。こんな眉唾物の薬でどうにかなるわけないじゃん」

「じゃあ飲んでみたら？」

アメリアの言葉に、ひくっと口元を引き攣らせる。

そして、ポケットから鍵を出すとアメリアに見せつけた。

「あのさあ姉さん。自分の立場をわかっている？　手錠に繋がれた状態で偉そうに説教垂れちゃって。もう部屋に返してあげないよ？」

「そう。別にいいわよ」

「開き直り？　姉さんらしくないよ、そんな態度」

「私らしいって何？」

アメリアは笑った。

これまでキースや家族が怖くて歯向かわなかったわけではない。歯向かった後のことを考えるのが面倒くさくて大人しくしていただけだ。

「言われっぱなしはやめることにしたの。間違っていることは間違っていると言うわ」

「だから、手錠に繋がれた状態で言われても意味ないんだってば」

冷ややかに言ったキースだが、妙に整頓された机を見て、はた、と動きを止めた。

「渡した覚え書きは？　どこにやったの」

「燃やしたわ」

た。

作業台、机。アメリアの手の届く範囲の引き出しを次々に開けたキースは真っ青になっ

キースがアメリアを突き飛ばした。

「燃やしたって――っ待てよ……！」

「僕のレポートがない！」

夜を明かす間ヒマだったので、全部釜で煮込んでやった。

嘘ばっかりの、偽物の功績なんてキースに相応しくない。

これまで大人しく従ってきたアメリアがそんな暴挙に出るなんて夢にも思わなかったのだろう。真っ青になったキースの顔はみるみる赤らんだ。

「〜〜っくそ、この馬鹿女ぁっ！」

激高したキースはアメリアの髪を掴む。机に顔を押し付けられた。

「わかってんのか！　僕に逆らったらどうなるか！　お前なんて……、お前なんて、嫌われ者のくせにっ！　こんなことをしてタダで済むと思うなよ！」

「っ……」

「ああ、そうだ。ラットなんか使わなくてもここにちょうどいい実験台がいるじゃないか。優秀な姉さんが作った薬だ。さぞよく効くことでしょう！」

悪魔みたいな顔をしたキースがアメリアの目の前で小瓶を振った。

「……私を殺すの？」

「あははは！　姉さんでも死ぬのが怖いんだ？」

「いいえ。飲ませたいのなら勝手にどうぞ。でもね、キース。私を消しても、あなたの罪は告発されるわよ」

やけに堂々としたアメリアの態度にキースはさらに激高した。

「味方がいるとでも言いたいのか？　誰だ！」

「…………」

「ただの脅しだと思ってる⁉　自分はパーシバル家にとって利用価値があるから殺されないと高をくくってるのかもしれないけど……」

薬の小瓶を置いたキースは棚から小型ナイフを出した。

薬草を切ったり、樹皮を剝くのに使うそれを、アメリアの頰にぴたりと当てる。

「僕は姉さんなんかいつでも殺せるんだからね？」

ぎらついた感情を滲ませる弟を、アメリアは冷めた目で見ていた。

「――そこまでだ！」

部屋の扉が開いた。

入ってきたのはセドリックだ。

もちろんリスの姿ではなく人間の姿で。

部屋の外には真っ青な顔のリンジー、そして継母までいる。

「セ、セドリック様……？」

キースは突然現れたセドリックにぽかんとしていたが、アメリアの髪を鷲掴みにして机に押し付け、ナイフまで向けているという状況を大慌てで取り繕った。

「ああ、す、すみません。あはは、ちょっとした姉弟喧嘩で熱くなってしまって……」

「アメリアから離れろ！」

「も、もちろんです。というかセドリック様、今までどちらにいらしたんですか？　僕もリンジーもずいぶん心配して……」

「うるさいっ！」

つかつかと二人に歩み寄ったセドリックは、キースの襟首を締め上げた。

「鍵」

「っ、え……」

「アメリアの手錠の鍵はっ⁉」

「こ、ここにっ！」

鍵を奪い取ったセドリックは乱暴にキースを突き飛ばした。床に転がったキースの事など見向きもせず、アメリアの左手を取って手錠を外す。

「──遅くなって悪かった」

噛みしめるようにそう言って。

セドリックは感極まったようにアメリアを抱きしめた。

ただ単に一晩待たせただけではない。ずっとずっと、この家で冷遇されていたアメリアのことを放置していた詫びのようにも聞こえて……、アメリアもおずおずとその背に手を回した。

キースをはじめ、リンジーも継母もぽかんとしていた。

あんなに不仲だった二人が、いったいどんな心境の変化だと思っているのだろう。

キースたちにはわからなくて結構。アメリアは万感を込めて抱きしめてくれるセドリックの気持ちが嬉しくて、ぎゅっと身を寄せた。

「ありがとうございます」

助けに来てくれて。

「ああ」と短く返事をしたセドリックはキースの方に向き直った。

「……キース、貴様はアメリアの研究を盗んで論文を仕上げていたのだな。がっかりだよ」

「は？　な、なんです、その言いがかりは……」

動揺するキースに構わず、セドリックは視線をリンジーへと移す。

「リンジー。きみがアメリアに冷たく当たったり、下僕のように靴洗いを命じたりするような女性だったとは幻滅だ」

「い、いきなり何をおっしゃいますの？　セドリック様……」

そして最後は継母だ。

「パーシバル夫人。義理の娘を離れに追いやり、食事も一日に一度しか与えないなど非道の極みだ。あなたたちのような人間はアメリアの家族ではない」

「何を言っているのかさっぱりわかりませんわ」

突然セドリックに非難され、しどろもどろになった三人はアメリアを睨んだ。

アメリアが告げ口したと思ったのだろう。

「セドリック様、姉から何か吹き込まれたんですか？」

「だとしたら誤解です！」

「そうよ。この子は虚言癖があって……、セドリック様の気を引こうとしたのかもしれませんけど」

「──すべて、俺がこの目で見てきたことですよ」

セドリックはキースを殴り飛ばすと作業台にあった小瓶を手に取った。

調合したての薬瓶の蓋を外すと、痛みに呻くキースの口に無理矢理流し込む。

「うえっ、な、何を……」

「貴様が俺に盛ってくれた『リスの姿になる薬』だ」

「リ、リス？　何を馬鹿なことを言って……」

「心配するな。すぐにお前も体験できるさ。解毒剤の作り方を知っているのはアメリアだけだが……、いやいや、優秀なキース君なら自分でどうにかできるかもしれないな？」

凄まれたキースは青ざめている。

リス云々は信じられないだろうが、効能不明の薬を飲まされたのだ。セドリックが失踪する羽目になった、怪しげな薬を。

「すべて父――セスティナ公爵にも報告済みです。今後一切、我が家はパーシバル家と関わる気はありませんので相応の覚悟をしておいてください。……行くぞ、アメリア」

空瓶を投げ捨てたセドリックはアメリアをひょいと抱き上げた。

「リスじゃありません」

アメリアは薬を吐こうと頑張るキースの方を見て言った。

「その薬は『豚の姿になる薬』です」

三人は金切り声を上げた。

「ま、待ってください！　豚なんて嫌だッ！　冗談ですよね、姉さん！」

「セドリック様！　誤解なんです、ちゃんと話を……」

「解毒剤を出しなさい、アメリアッ！」

口々に叫んだ三人をキッと睨み、セドリックは立ち去りざまに怒鳴った。

「助けて欲しかったら公爵邸まで土下座しに来い！　俺にじゃないぞ、アメリアに対してだ。せいぜいこれまでしてきた仕打ちを悔いるんだな！」


セドリックはアメリアを抱いたまま廊下をずんずんと進む。

「セドリック様。私、自分で歩けますので」

「だめだ。俺が連れていく。これまでさんざん連れ歩いてもらったことへの礼だ、大人しく抱かれていろ」

歩くと主張したアメリアだが、セドリックは下ろしてくれなかった。暴れるわけにもいかないアメリアは仕方なくその体勢のまま問いかける。

「あの、……私が渡した人魚草は？」

「飲んだ」

「あの薬と一緒にですか？」

「そうだ」

「試さなくても大丈夫だと言ったのに試したんですね」

キースの目から隠しておいてくれるだけで良かったのに、毒になるか薬になるかわからないものを一人で試すなんて、さぞかし勇気が必要だったことだろう。

図録と見比べて本物の人魚草であることは間違いないと確信した上でセドリックに渡したのだが、何しろ手に入れた方法が特殊だったため少し不安でもあった。

「ああ、試した。ちぎった人魚草を入れた瞬間、濁っていた薬が一気に無色透明になってぞっとした」

「わー」

「でも飲んだ。お前が作ったものだし、何より……」

言葉を切ったセドリックはアメリアに視線を落とした。

「言っただろう。必ず助けに来るって」

「……………無茶なことをしますね」

「お前に言われたくない。大人しく待っているかと思ったら、部屋に入った瞬間にキースが逆上していて……、その時の俺の気持ちがわかるか！」

外に出ると、なぜか門のあたりで馬車や人が出たり入ったりしていた。どう見てもパーシバル家の人間ではなさそうだ。

忙しそうに動き回っていた一人が「おおい！」と駆け寄ってくる。

「えっ、フレディ様⁉」

「やあやあアメリアさん。うまくいったようで何より」

抱きかかえられているアメリアとセドリックを見比べてにやりと笑われる。なぜかフレディはすっかり訳知り顔だ。セドリックは小さくため息をついた。

「お前には悪いが、元に戻った後すぐに公爵家に帰って父にすべてを報告させてもらったんだ。またうっかりリスの姿に戻って鳴き声しか出せなくなっては困るからな」

「それは——賢明な判断だと思います」

「で、その場にフレディもいたんだ」

フレディはにやにや笑っている。

「いやー、まさか従弟がアメリアさんのペットになっていたとは驚きだね。会った時に俺も撫でておけば良かったよ」

「……。それで、不本意だがフレディの手を借りることにしたんだ。まず、俺一人でパーシバル家に戻って、リンジーに惚れているふりをして……」

行方不明だったセドリックが訪ねてきたら継母もリンジーも喜んで迎え入れるだろう。

惚れ薬が効いていると思い込ませればリンジーも油断したに違いない。

パーシバル家の中に入ってしまえば、キースの部屋の場所はわかっている。一目散にアメリアの元に駆けつけてくれたらしい。

「それで、セドリックが立ち回っている間に俺が使用人たちを引き連れてやってきたってわけ」

ふふんと笑うフレディにセドリックが尋ねる。

「首尾は」

「順調。もうすぐ撤収できるぞ」

「……ええと、何の話です？」

それにこの大人数は何の騒ぎ？

疑問にはセドリックが答えてくれた。

「アメリアの部屋の荷物をそっくりそのまま公爵家に移そうと思ってな」

「ええっ」

「キースのことだ。この後、お前の部屋を漁るに決まっているだろう。お前の物をこれ以上盗られてたまるか」

解毒剤やサンザシの薬を置いていってやるつもりはないらしい。フレディが指揮を執り、部屋の荷物を丁寧に運び出しているそうだ。

「ははっ。可愛い従弟が俺を頼ってくれて嬉しいよ。……それにアメリアさん。今までよく頑張ったね。俺も気付いてあげられなくてごめんね」

「フレディ様……」

「待ってろ、キースに盗られたものは全部取り返してやるからな」

くくくく……とセドリックが邪悪に笑う。

その姿がなんだかおかしくてアメリアも笑ってしまった。

セドリックはキースに乱暴な扱いを受けたことを根に持っているらしく、クルミ爆弾を作っていた時と同じ顔をしていた。

「ところで、なぜキースはリスじゃなく豚になるんだ？」

「ああ……。あの部屋にたまたまブタクサの在庫があったんです。どんぐりを間違えたミスでセドリック様がリスになってしまったのなら、同じ理屈で豚になる薬も作れるかな、と。ちょっとした仕返しです」

謝りに来たら解毒剤を渡すつもりでいる。それまでの間、少しくらい反省すればいい。

それに……。

（リスに愛着が湧いてしまったんだもの。かわいい動物になるのはセドリック様だけでじゅうぶんだわ）

こっそり内心で呟いた。

公爵家の馬車に乗る直前、アメリアはパーシバル邸を振り返った。

表門からはアメリアの部屋を見ることはできない。

ずいぶんと窮屈な世界で暮らしていたのだと今さらながらに思う。

「……私、この家から出ていくんですね」

妙に感慨深い気持ちで呟く。

その肩をセドリックが抱いた。

「ああ、お前は自由だ。その自由を、これからは俺に守らせてくれ」

セスティナ公爵家に来てからは怒涛の展開だった。

まず、公爵はパーシバル家に対してものすごく、ものすごーく腹を立てていた。

息子がリス化していたことよりも「薬学界の頭脳を虐待していたなどありえん」とアメリアの境遇に怒ってくださったので恐縮してしまう。

セドリックがアメリアの部屋の荷物の回収を命じたせいで、パーシバル家はお手上げ状態だったらしい。子豚になってしまったキースを元の姿に戻す薬も、会話ができるようにする薬も、それからアメリアが下処理をしていた材料やメモに至るまで——問題解決のための手がかりは、すべて公爵家に移動されてしまっているのだ。

公爵家にすっ飛んできた父、継母、リンジー、子豚は泣きながら土下座するしかなかった。怒りの収まらない公爵とセドリックはパーシバル家に絶縁状を書かせ、キースを元に戻す解毒剤と引き換えに今後一切アメリアには近寄らないことを誓わせた。

　これで、アメリアを縛るものは何もなくなったのだ。

　これからは引きこもる必要もないし、雑用を押し付けられることもない。自分のやりたい研究や仕事をすればいいんだ……。

　嬉しいような途方に暮れてしまいそうな。アメリアの心は少しだけぽっかりと穴があいてしまったように思えた。

　そうしてほとぼりが冷めたかに思えた数日後。

——父から、どうしても会って話したいことがあるという面会の申し込みがあった。

「すまなかった」

　公爵家の一室で頭を下げる父の向かいにはアメリア、そしてセドリックが座った。

　セドリックはあくまで事務的な態度で口を開く。

「パーシバル伯爵、どうしても話がしたいと言うから受け入れたが、ただ謝罪をするためだけに来たのなら帰っていただきたい。アメリアはもうパーシバル家の人間ではないのですから」

「……わかっております。私がここに来たのは、アメリアの先祖の事を話すためです」

父の前にはお茶すら出されていない。来訪を歓迎していないとセドリックは言外に訴えているのだ。

手を組んだ父は深々と溜息をつき、やがて重い口を開いた。

「我がパーシバル家は『魔女の家系』と言われております。それは、薬学に秀でているからではなく、先祖に本当に魔女がいたためです」

「そんな馬鹿げた話を信じるとでも？」

「私も信じておりませんでした。しかし、先日息子が……、キースが豚の姿になってしまったのを見た瞬間に確信しました。やはり、我々には魔女の血が流れている。気に入らない人間をヒキガエルに変えてしまったり、惚れ薬を作ったりしていた魔女の血が。そしてアメリアはその血を濃く引いた先祖返りです」

先祖返り、という言葉にアメリアはぴくりと反応した。

父はアメリアを見る。アメリアも――父を見た。

こんな風に見つめ合うなんて、いつ以来のことだろう。

引き取られてこの方、父から愛情を感じたことはなかった。

あまり感情を表さない父。アメリアに対しても冷めた目を向けていたが、今ようやくその瞳の奥にある感情を読み取ることができた。

どこか遠くからこちらを観察しているような、壁を感じるような距離。

——畏怖だ。

「お前は私の祖母にそっくりだ。彼女も先祖返りだった。教えられずとも優れた薬草を見分ける術を持ち、すぐに薬学の要領を理解する天性の勘の良さ。それに祖母は——貴重な材料すらいとも簡単に手に入れていた。まるで、魔法のように」

「………。おばあさまの名前は何とおっしゃるのですか？」

「名前？　ミラ、だったと思うが？」

エリザではなかった。

ということは、エリザはもっとずっと前の先祖——それこそ父の言う「魔女」本人かもしれない。

（ミラおばあさまもエリザに会ったのかしら。彼女に会い、『呪文』を聞いたの？）

パーシバル家に置いてきたエリザの書が気がかりだった。あの本はパーシバル家所蔵の本。禁書を本邸の外に持ち出すことはできない。

けれど、アメリアが勝手にあの本を持ち出すなと言われていたが、あんなものが見つかったら大変なことになるだろう。

誰もが不思議がり、調べたがる。

そしてアメリアも魅入られかけた。

(キースの夢にエリザが現れないことを祈るばかりだわ)

黙り込んだアメリアに代わり、セドリックが父に問うた。

「それで？　優秀な娘だからやはり手放したくないとでも言いに来たのか？」

「いえ、そうではありません。もし、アメリアに祖母と同じ才能があるのなら……」

言葉を切った父はうつむいた。

絞り出すように声を出す。

「人を……生き返らせることもできるのではないかと」

「はあ？」

何を突拍子もないことを言い出すのかとセドリックは声を裏返らせた。

アメリアは尋ねる。

「誰を生き返らせたいのです？」

「お前のお母さまだ。私はずっと彼女を愛していた。今も、昔も、そしてこれからも……」

「ではなぜ、お母さまと結婚なさらなかったんですか？」

「……妻とは家同士の結婚だ。お前もセスティナ家に嫁ぐ身ならわかるだろう？　当時はお前のお母さまと別れるしかなかった。嫉妬したイザベラが彼女に害をなそうとしていたから仕方なく距離を置いたんだ。そうこうしているうちにリンジーが生まれ、私はお前たち母子のことを忘れようとした——」

母とアメリアは住むところを転々とした後、あの下町の家に行き着いた。

父の話を聞き、母の行動の理由が理解できたような気がした。

母は継母に見つかって嫌がらせをされることのないように逃げたのだろう。未婚の母になり、帰る家もなかったに違いない。

バン、と机を叩いたのはセドリックだった。

「ふざけるな！　だったらなぜ、こいつら親子が市井で困っていた時に助けてやらなかったんだ！　意地でも探し出して援助をしてやるべきだっただろう！　アメリアを引き取った後だって、離れに追いやる必要なんてなかったはずだ！」

「それは……、私がアメリアに味方すると、イザベラがますます機嫌を悪くするから、だから……」

「そのどっちつかずな態度がアメリアの母親を殺したのだとなぜわからない⁉」

アメリアの代わりに怒るセドリックと、顔を覆い「やり直させてくれ」と言う父のやりとりをアメリアはどこか遠いところでぼんやりと聞いていた。

アメリアはどこかで父に期待していた。

もしかしたら自分に対する情があるのかも、と。

一応はアカデミーで教育を受けさせてくれ、仕事の報酬という形でお金も与えてくれていたからだ。

だけど、父の根底にあるのはアメリアの母への罪悪感。

今の生活を壊したくないという身勝手さ。

先祖返りかもしれないアメリアへの畏怖。

そして、いつかアメリアが先祖の魔女のように――父が望む蘇りの薬を作ることができるようになるかもしれないという夢みたいな期待。

決して娘として愛してくれていたわけではないのだと。

懺悔を聞いて、そう、わかってしまった。

「……お父さま、今までパーシバル家で面倒を見ていただきありがとうございました」

父とセドリックの視線がパッとアメリアに向けられた。

父は一縷の希望を掛けた目で。セドリックは断罪を望む目で。

アメリアは父に頭を下げた。

絶縁状は公爵とセドリックの主導で書いてもらったものだ。

彼らに任せてしまっていたが――本当は自分自身で話をつけねばならなかった。

アメリアは父へと引導を渡した。

「どうか、私のことは初めからいなかったものとして忘れてくださいませ。貴方さまのご家族は、お義母さま、リンジー、そしてキースです」

「アメリアっ」

「さようなら、お父さま。どうかお元気で」

アメリアは父にとって家族ではなかったのだ。今も、そしてこれからも。

隣にいたセドリックがアメリアの手を強く握った。

新しい日常

高貴なる公爵家ではお花も召し上がるらしい。

夕食の席でフォークにのせたビオラの花をしげしげと眺めていると、向かいに座ったセドリックが微笑んだ。

「食べられる食用花を用意させてみたんだ。アメリアは植物が好きだし、サラダを彩ったら可愛らしいのではないかと思ってな」

「はあ」

「それからこれを……。今、イオス領ではダリアの花が見頃らしい。ポプリを貰ったからアメリアが使うといい。枕の下に入れるといい匂いだぞ」

「はあ、……あの、ありがとうございます……」

「…………」

「…………」

「あ、あの、私の顔に何か付いています？」

話し終わってもセドリックが見つめてくるものだから、アメリアは居心地の悪い気持ちで尋ねた。

「いや？　少し髪を切ったんだな、と思って」

「あ、ああ……。伸びてきたので侍女の方にお願いして整えていただいたんです」

「よく似合っている。可愛い」

「か……」

フォークを落としてしまう。

控えていた給仕がサッとアメリアの前に新しいフォークを置き、何事もなく食事は再開された。「ありがとうございます……」と給仕に対してぼそぼそと礼を言いながら、アメリアは首を竦めてうなだれた。

(いたたまれない！　落ち着かない！　部屋に帰りたい！)

なんだこの一幕は。

セドリックは挨拶でもしたかのようにしれっとした顔で食事をしているし、給仕たちは「アメリア様は照れているんですね」と温かい眼差しでこちらを見守っている。

——公爵家に荷物ごと引っ越してきたアメリアは、パーシバル家にいた時からは考えられないほどに贅沢な暮らしを送っていた。

三食きっちり用意されるおいしい食事、あたたかいお風呂、清潔なベッド。

それだけではない。セドリックは毎日のように細々とした贈り物をくれる。

彼が冷たく当たってきた三年分の穴埋めをしたいと思ってくれている気持ちはじゅうぶんすぎるほど伝わってきたが、ドレスや宝飾品に興味がないアメリアは、高価な物ばかり貰っても困ってしまう。

いりませんと伝えると、今度はおいしいお茶やらお菓子やら、今日のようにポプリなどのささやかな贈り物へと切り替えてきた。

（これがリスからのプレゼントならキュンとするんだけどな……）

リスになっていた間、ごく稀に人間の姿に戻ったこともあったが（不安定な薬だったために、人魚草の代わりに水に濡れたことや、解毒剤と近しい成分のマグワートの香りをたっぷり吸い込んだことなどが考えられる）、セドリックとの思い出の大半は冷たく接せられていたことばかりだ。優しくされることに慣れておらず、あまつさえ恋人に向けるような目で見られると、テーブルをひっくり返して逃げ出したくなってしまう。

「この屋敷での暮らしには慣れたか？」

「は、はい……。皆さん良くしてくださいますし……」

「なぜサラダを見ながら話すんだ？」

「す、すみません。落ち着かなくて……」

「俺の方を見てくれないか？」

嫌だ～……、甘々な恋人ごっこはもう勘弁して……と思いながら視線を上げると、セドリックが書類の入った封筒を掲げ持っているのに気が付いた。

仰々しい紋章付きの封筒――「あ!!」と大声を上げてしまう。

そこでようやくセドリックの表情にも気が付いた。彼は愛想良く話してはいるが、目だけは笑っておらず、静かな怒りを湛えていたのだ。

「これは王立研究所からの書類だな？　表書きに『入寮案内』と書いてあるがどういうことだ？」

「と、問い合わせただけですよ……。まだ寮に入ると決めたわけでは……」

「そうか。執事が大慌てで俺の元に届けに来たから驚いたんだ。アメリアがこの家を出ていくつもりだと早とちりしてな。俺も何も聞いていなかったし？」

「ああ、その……」

「せめて一言くらい相談して欲しかった」

セドリックは寂しそうな顔で書類をアメリアへ渡す。封は切られていなかった。

「……申し訳ありません」

謝ってしまってハッとした。

セドリックは口先だけで謝られるのが大嫌いな人だ。

ああ、また「申し訳ないなんて思っていないだろう！」と怒り出してしまうかも……。

しかし、予想に反してセドリックは怒り出したりはしなかった。

「別に……、アメリアが謝ることではない。何の相談もしてくれなかったことが少しショックだっただけだ。ジェイド殿下からの推薦状を使ったのか?」

話を続けてくれるらしい。

セドリックの変化に戸惑いながらもアメリアは頷いた。

「あ、はい。フレディ様がせっかく持ってきてくださったので……」

パーシバル家とのごたごたが片付いた後、フレディがアメリアの元に一通の手紙を持ってきたのだ。差出人は王太子からだった。

『本当は、前にパーシバル家に行った時に渡すつもりだったんだけどね』

キースに取り上げられることを懸念したらしいフレディは、そのまま自分の手元に置いていたのだと詫びてくれた。

手紙の中身はエンザ症の治療薬に関する礼と、

『もしも興味があれば役立ててくれ』

——なんと、国で最高峰の王立研究所への推薦状だった。王太子のサイン入りである。

封筒の中には押し花にした白い花も入っていた。

この花を入れたのは王太子だろうか。なんとなく違う気がしている。

(もしかして、療養しているというケイ殿下?)

わからないが、アメリアの今後に期待してくれている旨は伝わってきた。

王立研究所では新薬の開発が行われていると聞くし、設備も整っているらしい。これまで狭い世界で生きてきたアメリアは、試しに推薦された研究所の所長宛に手紙を送ってみたのだ。

「——アメリアは寮に入りたいのか？」

「え？」

「いや……。研究所で働きたいと言うのなら応援する。だが、この研究所では身分の隔たりなく働くことになるから、最低限の身の回りのことは自分でやらないといけないんだぞ？　この屋敷から通えない範囲ではないんだし、我が家でサポートした方がいいんじゃないか？」

「身の回りのことならできますよ」

「本当に？　ビスケットを齧りながら日がな部屋にこもったり、研究書を読んで連日連夜夜更かししたりなどしないと言い切れるのか？」

「………」

さすが、リスとしてアメリアと一緒に暮らしていただけのことはある。

セドリックは変わった。

アメリアの話をさえぎらずに最後まで聞き、言葉の端々からも心配してくれている気持ちが伝わってくる。

セドリックは使用人の一人に目配せした。そして立ち上がるとアメリアに近づき——どこからか現れた豪華な花束を抱えて跪く。

「え？　あの……」

「元の姿に戻ったら、俺から伝えたいことがあると言っただろう？」

改まった様子のセドリックは、今さらながらに容姿の整った人だなあと思った。

花束を抱えて跪くなんて行動もやけに様になる。

「アメリア、——どうかこれまでの三年間をやり直させてくれないか。お前が研究所に入りたいと言うのなら応援する。しかし、もしもただ単にこの家から出ていくために寮に入ろうとしているのなら、そこは考え直してくれないか？」

「そ、そういうつもりではありません」

「本当か？　俺のことを、嫌っているわけでは……」

「ないです」

「そうか……！」

セドリックは破顔した。

心の底から安心したような、照れたような顔。

それを直視したアメリアはむず痒い気持ちになった。

さんざんアメリアに冷たくしてきたセドリック（人）に対して、セドリック（リス）に対して思っていた「可愛い」という感情に近しい気持ちを抱くなんて……。

自分の感情に戸惑い、思い切りプイッと顔を背けてしまう。

即座に不服の声が上がった。

「おいっ！　今、嫌いじゃないと言わなかったか⁉」

「嫌いじゃないですけど」

「けど、なんだ⁉」

「リ、リスの姿の方が好きだったなー、なんて……」

「ふん。あいにくだが、もう二度とあんな間抜けな姿になってたまるか」

「なれますよ。薬の作り方は覚えていますし……」

「作るな！」

怒鳴られたほうがほっとする。

人の姿で優しくされると落ち着かないのだ。こうして言い合っていたほうが、まだまともにセドリックの顔を見られる。

アメリアの態度が軟化した様子を感じ取ったのか、セドリックは諦めたように花束を使用人に預けて溜息をついた。

「……わかった。俺のことが嫌いではないと言うのなら、友達から始めないか？」

「友達？」

「そうだ。アメリアは俺が婚約者面をして迫ってくるのが嫌なんじゃないのか？　無理に迫ったり、早く公爵家の籍に入るように強要したりはしないと約束するから……、寮に入るかどうかの件はもう少しゆっくり考えてくれないか？　年に数度しか顔を合わせないような関係には戻りたくないんだ」

「…………」

公爵家に滞在させてもらっている以上、早くセドリックと結婚しないといけないのではないか。

自分でも気付いていなかったが、無意識にそう考え、距離を置こうとしていたのかもしれなかった。

今のアメリアはまだまだ薬師として仕事がしたい。

そんな気持ちを汲み取ってくれたセドリックに、アメリアは頷いた。

「では……。と、友達から始めていただいてもいいですか？」

「ああ！」

再び嬉しそうな顔をされてキュンとしてしまった。いや、キュンって何。

「改めてよろしく頼む」

「こちらこそ、……お世話になります？」

握手を求められた手をそろりと握る。今さらながら変な感じだなあと思っていると、ほ

っぺたにちゅっと口づけられた。

「………友達はキスなどしないのでは？」

「するだろう。親愛のキスとか」

「え……、そうなんですか？」

アメリアには友達がいないのでわからない。

セドリックは自信たっぷりに「するとも」と頷いた。

「友達はトモダチの喜ぶ顔がたくさん見たい。さて、これからどうやって甘やかしてやろうかな」

軽率(けいそつ)に「お友達宣言」をしてしまったが早まったかもしれない。

楽しそうに笑うセドリックを見て、アメリアは再び顔を逸(そ)らしてしまった。

それから数日後。

アメリアは「黒猫(くろねこ)先生」の訪問先である教会を訪(おとず)れていた。

大きな籠(かご)を持って裏手に回ると、畑の様子を見るために外に出ていたらしい神父がにこやかに迎(むか)えてくれた。

「おや、アメリアちゃん。よく来てくれたねぇ」

「こんにちは、神父様。薬を届けに来ました」

「いつもありがとうね。それから、リューク先生から薬代と言付を預かっているよ。先月は来られなくて申し訳なかったって」

「あ……、リューク先生、いらしたんですね」

アメリアが無償で薬を届けているのと同様に、ここへ往診に来てくれる町医者がいる。

若い人らしいが立派な方だと思っていた。

教会で暮らす孤児たちだけでなく、アメリアのことも気にかけてくれるいい先生だ。月に一度しか来ないアメリアなんかのためにわざわざ薬代を置いてくれたり、メッセージまで残してくれたりする。

「ふふ、いつものところに置いてあるよ。見ておいで」

「……ありがとうございます」

優しく微笑まれて面映ゆい。

リューク先生とのやりとりは、虐げられていたパーシバル家の生活の中で唯一の楽しみだった。気遣いのメッセージは嬉しかったし、リューク先生も頑張っているのだから自分も頑張ろうという心の支えになっていた。

子どもたち曰く「面白い先生」らしいから、きっと子ども好きで素朴な感じの人なんだろう——会ってみたいと思わないわけではなかったが、置いてあるメッセージに綴られた黒猫先生への称賛の言葉に気が引けてしまっていた。こんな小娘だったのかと幻滅されるのが嫌だったのだ。

今思えば、もしかしたらこれがアメリアの初恋だったのかもしれない。

（セドリック様は友達からでいいと言ってくださったけど、他の男性と文通みたいなやりとりをしているのってやっぱり良くない……わよね……）

色恋に疎いアメリアでもそれくらいはわかる。

診療室として使っている部屋に入ったアメリアは薬棚の隣に置いてあるメモを見た。

『親愛なる黒猫先生

先月は事情があり、薬代を用意しておくことができずに申し訳ありませんでした。

それと、ご迷惑でなければ貴女に会いたいと思っています。　リューク』

「え……」

会いたい、の文言に狼狽えてしまう。

いや別に変な意味ではないだろう。何か話したいことでもあるのかも……。返事に悩んでいると部屋の扉がノックされた。

「黒猫先生？」

神父の声だ。アメリアと話す時はいつも名前で呼ぶのに、わざわざ黒猫先生だなんてかしこまった言い方をするのはなぜだろう。

戸惑いながらも「はい」と返事をすると、

「実は今、リューク先生が見えたんだが、お通ししても大丈夫かい？」

（え！）

今⁉　これまで一度もかち合ったことなどなかったのに――

（ど、どうしよう！　この場で会いたくないなんて言うのは失礼よね？）

これは浮気ではありません、と無意識に心の中でセドリックに弁明した。男性と二人きりで会っていたなんて知ったら、セドリックが嫌な気持ちになると思ったのだ。その時点でアメリアの心は初恋相手ではなく、セドリックの方に向いているようなものなのだが、なぜか後ろめたい気持ちで焦ってしまう。アメリアは上着のフードを深く被ってうつむいた。

「わ、わかりましたっ。どうぞ……」

診療室の扉が開かれる。

何も知らないアメリアは緊張気味に顔を上げ――そしてそこにいた人物が優しい顔をして笑う姿に言葉を失ったのだった。

Fin.

あとがき

この度は本作を手に取っていただきありがとうございます。深見アキと申します。

プライドの高いヒーローが、ヒロインの手の上でじたばたしていたら面白いだろうなーと思って書いたこのお話。ウェブに投稿していたものを書籍にしていただいたのですが、かなり改稿しております。やりたかった海外児童書ファンタジーのような世界観マシマシ、アメリアとセドリックのバックボーン的な部分も補強致しました。

ですので、どこかで一度読んだことあるよという方も新しい気持ちで楽しんでいただけましたら幸いです。

さっそく謝辞を。

担当様、本作も大変お世話になりました。いつも優しく丁寧なご指導をありがとうございます。……改稿時のコメントで「リス太郎」呼びを見た瞬間に吹き出しました。おかげさまでセドリックがとっとこ頑張っているシーンのBGMは某有名アニメ曲です（笑）

そんな調子で書いていたので、イラストラフを拝見したときに「そういえばセドリックってイケメンだったんだ⁉」と思い出す始末でした。このプライドの高そうな男子が不憫な目に遭っちゃうのかと思うと堪らないですね……。アメリアもすごくイメージピッタリで、白衣×魔女っぽい雰囲気が可愛らしいです。

縞先生、魅力的に描いてくださって本当にありがとうございました！

お世話になっている編集部の皆様、関係各所の皆様にも御礼申し上げます。

読者の皆様。何かと大変な世の中ですが、くすっと笑っていただけるシーンがあればなによりです。こうして本を手に取っていただけるのはもちろん、ウェブ上で公開している作品を読みに来てくださったり、素晴らしい先生方がコミカライズしてくださっている既作から興味を持っていただけたり、本当にありがたいことだなと思っています。楽しい時間を提供できていれば書き手冥利に尽きます。

またどこかの物語の中でお目にかかれますように。

深見アキ

◎参考文献

飯島都陽子『魔女のシークレット・ガーデン』（二〇一八年／山と溪谷社）

森ウェンツェル明華『ドイツ薬草療法の知恵　聖ヒルデガルトのヒーリングレシピ』（二〇一九年／キラジェンヌ）

■ご意見、ご感想をお寄せください。
《ファンレターの宛先》
〒102-8177 東京都千代田区富士見 2-13-3
株式会社KADOKAWA ビーズログ文庫編集部
深見アキ 先生・縞 先生

B's-LOG BUNKO
ビーズログ文庫

●お問い合わせ
https://www.kadokawa.co.jp/（「お問い合わせ」へお進みください）
※内容によっては、お答えできない場合があります。
※サポートは日本国内のみとさせていただきます。
※Japanese text only

リスになってしまった婚約者が、毛嫌いしていたはずの私に助けを求めてきました。

深見アキ

2023年 9 月15日 初版発行

発行者	山下直久
発行	株式会社 KADOKAWA 〒102-8177 東京都千代田区富士見 2-13-3 （ナビダイヤル）0570-002-301
デザイン	みぞぐちまいこ（cob design）
印刷所	凸版印刷株式会社
製本所	凸版印刷株式会社

ISBN978-4-04-737659-5 C0193

定価はカバーに表示してあります。